VICTORY NOVELS

原子力戦艦「大和」

1 マレー沖Z艦隊撃破!

林 譲治

電波社

カフク岬
ハレイワ飛行場
オアフ島
ホノルル
真珠湾
ヒッカム飛行場
ママラ湾
ダイヤモンドヘッド

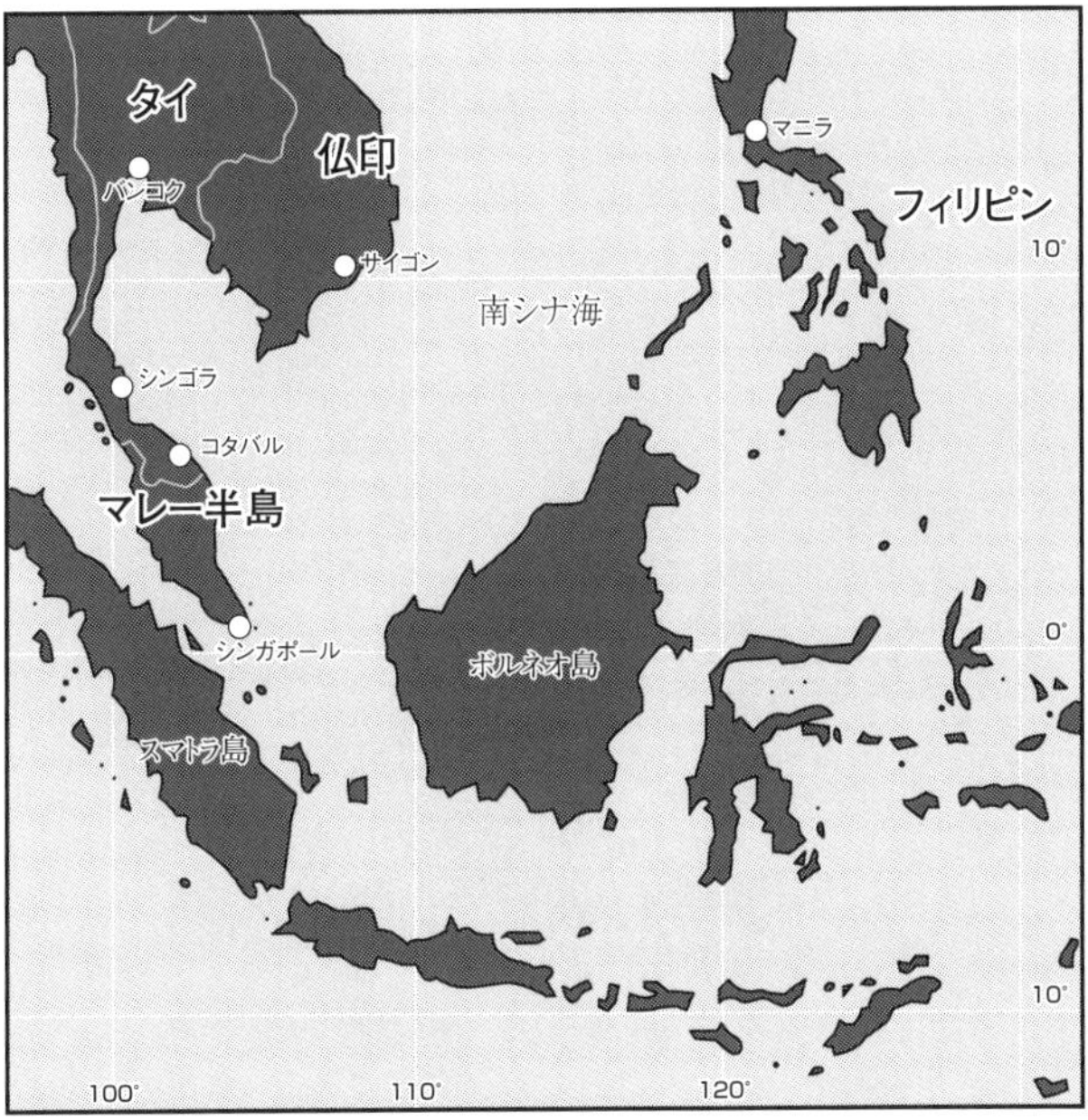
タイ
仏印
バンコク
サイゴン
マニラ
フィリピン
10°
南シナ海
シンゴラ
コタバル
マレー半島
シンガポール
0°
ボルネオ島
スマトラ島
10°
100°
110°
120°

この作品はフィクションであり、登場する国家、団体、人物などは、
現実の国家、団体、人物とは一切関係ありません。

原子力戦艦「大和」(1)——マレー沖Z艦隊撃破！

もくじ

第1章　臨界集合体

1

　昭和九年春、長野県北アルプス。

　その施設が建設される時、ダム建設や軽便鉄道の敷設に地元の住民たちも数多く雇用された。難工事であり、賃金が高かったこともあり、多くの壮丁《そうてい》が集まった。

　これには「この工事は軍の重要な工事であり、作業に従事したものは徴兵免除される」という話が広まったことも大きい。

　満州事変は昭和六年に起きていたが、それも昨年の塘沽《タンクー》停戦協定により一段落していた。それもあって、徴兵免除者リストの「国防上重要な産業に従事しているもの」の中に、工事作業者を加える余裕が、日本にはまだあったのだ。

　作業は、まず現場まで資材や人員を輸送するための軽便鉄道の敷設から始まった。最初に一本を開通させ、そこから建設現場の設営にあたる。工事の進展に合わせて、軽便鉄道は三本まで増やされる計画だった。

　作業員たちは工事のなかで、いくつもの驚くべき光景を目にする。

　たとえば、軽便鉄道で分解されて運ばれた鉄の塊が現場で組み立てられると、それは輸入されたホルトのトラクターであり、ブルドーザーであり、ショベルカーであった。

工期は二年とされ、それまでに終わらせるため、輸入した建設重機が投入されたのである。さらに工事現場の一角には、それらの建設重機を整備点検するための工場も併設された。

この工場は当初の計画にはなかったものだが、工事の進展に伴って必要性が認められ、急遽、設置されることになった。ボルトが一本破断したくらいで、東京や横浜から運ぶのではあまりにも非効率であるからだ。

その工場も、最初は工場というより交換部品の備蓄倉庫のような施設で、整備作業で部品の交換を行《おこな》うのが主たる業務だった。

だが、すぐに一部の部品については現場で旋盤やボール盤で加工して対応するようになり、さらに建設重機が増えるにしたがい、一部のエンジン部品も整備工場で対応するようになった。

建設作業に従事する作業員たちが驚いたのは、軍の工事と聞いていたので、てっきり陸軍の工事だと思っていたら、じつは海軍の工事であったことだった。

じっさい先の整備工場も海軍施設本部が運営し、重機の導入や建設作業の実験だけでなく、現場での運転講習会も開かれていた。

ただ、工事そのものは海軍施設本部も関わるものの、主務者は海軍燃料廠《しょう》であるという。

「軍艦の燃料となる石炭でも掘るのか？」

作業員たちは小声で、そんなことをささやきあった。

昨今の軍艦は石油で動くことくらいは長野の人間も知ってはいたが、海軍が海のない長野県に施設を建設するとしたら、石炭くらいしか思いつくことはない。

ただ、自分たちの建設現場は炭鉱ではなく、水力発電所であることも工事の進展とともにわかってきた。

海軍燃料廠が発電所を建設するというのは、エネルギーという点では理解できる気はするものの、電気で軍艦が動くわけもなく、何が目的なのかさっぱりわからなかった。

もっともらしい説として「海軍の電気を陸軍に融通することで、その分の石油が海軍に提供されるのだ」というものがあった。発電所から電線を引っ張って軍艦を動かすようなことよりも、この陸海軍のエネルギーバーター説は信憑性があった。

こうして昭和一一年春に発電所は完成し、海軍燃料廠実験部付属第一水力発電所となった。

発電施設に関わった民間の技術者たちは、発電所の送電能力に比して、外部に供給する電力量が一割にも満たないことに不審を感じていたが、海軍関係者により建設されている工場で使うという説明に納得するしかなかった。

2

昭和一一年八月、海軍燃料廠実験部付属第一水力発電所。

発電所所長の吉田《よしだ》純一《じゅんいち》の日課は、水力発電所の豊富な電力を用いた数百のタンクを見まわることだった。

　タンクの一つひとつは近くの湖からの水を化学作用で不純物を取り除き、水を電気分解するものだった。これらの電気分解のプロセスを何重にも重ねることで、最終的に高純度の重水が手に入る。

　分解される大元の水源である湖の水は、パイプにより湖底周辺から供給されるが、これも湖底の水は相対的に重水濃度が高いためだった。

　電気分解された水素はガス爆発の危険除去と実験のために隣接する別のプラントに送られ、硫化水素となっている。

　これは、重水素が硫化水素と親和性が高いことを利用して、重水の分離を促《うなが》す装置も開発されているからだった。もっともいまのところ、これは実験室レベルのもので、多くの硫化水素はそのまま硫酸まで加工され、軽便鉄道で里に降ろされていた。

　ただし、併設するウラン精製プラントが完成したら、この硫酸はそのまま精製に用いられることになっていた。

「所長、おはようございます」

「前川《まえかわ》主任、もう出ているのか」

　前川は吉田所長の腹心の部下だった。工場の現場管理は基本的に彼に委ねている。

「ええ、所長の満州出張前に不都合点を見つけて指示を仰ぎませんと。なにしろ実験機みたいものですから。二週間は戻られないんですよね」

「その予定だが、大陸の情勢次第ではすぐには戻られんかもしれん。船や鉄道の手配も難しくなるからな」

一ヶ月ほど前に北京の南郊、盧溝橋で日中間の武力衝突が起こり、それは拡大する一方だった。政府も陸軍も早期解決を謳《うた》っていたが、政府と陸軍は別個に対応しているため、はたして早期解決できるのか、吉田には疑問だった。

彼も海軍の人間であるから状況はわかる。

陸軍は、政府に中国の日本軍がどうなっているかの情報を明らかにしない。それは統帥権の独立を根拠としてなされるのだが、結果として政府の外交交渉を陸軍がぶち壊すことも起きているという。互いに相手の行動を知らないのだから無理もない。

結果的にこの問題が長引くなら、満州に渡った吉田が調査から戻れるのがいつになるのかわからないわけだ。

「本来の目的を明かせば陸軍からの支援も期待できるかもしれないが、いまの時点ではここでの研究を明かすわけにはいかんな。

一応、遼寧省本渓方面で鉄鉱石の調査を行うという名目だからな。あのあたりは堆積変成型鉄鉱だから組成が単純で、選鉱は比較的容易だ」

「問題はウランの含有量ですか」

「そういうことになる。推定通りの含有量なら、軍艦の歴史に革命が起こるだろう」

吉田はそう言って、周囲の重水製造機を指さした。

3

吉田はもともと海軍燃料廠の技術者として奉職し、その関係で東京帝国大学でも学んでいた。帝大で彼が学んだのは、まだ黎明期の原子核物理学だった。

それは彼の無知ゆえの選択だった。

彼は原子をほかの原子に衝突させることで別の原子に変えるという話は知っていた。燃料廠の技術者として彼が考えていたのは、適当な原子を石炭にぶつけて炭化水素、つまりは石油に改変するというものだった。

石炭を化学処理して石油にするより、素粒子を照射して液体化できたなら、日本の石油事情は一変する。それが彼の考えだった。

時期的に、秋田の国産石油の消費量より輸入石油の消費量が上まわった頃の話だ。

むろん素粒子物理を真面目に学ぶなかで、石炭を液化するのはやはり化学処理するのが順当な方法だとはわかったが、吉田は別の知見を得ることができていた。

それは、いわゆる原子の崩壊熱を利用する原子力というものだった。

もっとも、指導教官の中には原子爆弾というようなものを唱えるものもいたが、ほとんどの研究者はそれには否定的だった。

放射性ウランなどに、瞬時に連鎖反応を起こさせるには高純度のウランが必要だが、ウラン濃縮には膨大な手間と費用とエネルギーが必要だからだ。

「人類はいずれ、そうしたものを発明するかもしれないが、二〇世紀のあいだには不可能だろう」

それが昭和初期の基本的な専門家の認識であり、日本に限らず世界全体がそうだった。

しかし、吉田はそもそもエネルギーという観点で研究を行っていたので、原子爆弾についての議論には興味がなかった。それよりも、原子力を軍艦の動力とすることに、彼の研究の中心は絞られた。

基本的な構造は、ウランの核分裂の熱を利用する点ですぐに方針は立ったが、問題は原子炉だった。最初は放射性ウラン２３５を濃縮することを考えていた。

しかし、それは技術的にかなり困難であった。一方で、連鎖反応が起こった場合にそれをいかに制御するかという大きな問題があった。

破滅的に連鎖反応が起こり、地球大気も連鎖反応で燃え尽きると言う科学者さえいた。それほど原子力に関する技術や理論はわからないことが多かった。

吉田は海外文献を可能な限り読みあさり、自身で議論を深めていった。そうしたなかで、彼は濃縮しない天然ウランによる連鎖反応の可能性に言及した論文を認めた。

さすがに濃縮ウランによる連鎖反応よりは効率が劣るものの、天然ウランを活用できるメリットはなにものにも代えがたい。

中性子吸収量が通常の水より三〇〇〇倍も小さい重水は減速材に最適で、それにより中性子を減速すれば命中確率が上がるので、天然ウランでも連鎖反応は起こり得る。

ただ、発電所でも建設するのなら天然ウランの原子炉を好きなだけ大きく建設できるが、自分が求めるものは軍艦の機関部だ。それに収まってもらわねばならない。それを実現するには天然ウランは効率が悪い。

軍艦に載せられるだけの小型な原子力機関を求

めるならウラン濃縮が必要だが、それはとてつもない設備が必要となる。

そこで吉田は、天然ウラン原子炉の効率化という方向性で研究を進めることとした。ただし、それは簡単ではなかった。

ブレイクスルーは思わぬところから開かれた。吉田が実家に帰省した時のこと。実家は丹波の農家で、彼は三男坊であった。

海軍の技官となっても実家では三男坊でしかなく、風呂炊きは子供の頃と同様に吉田が担当した。

その日は前日までの嵐のためか、焚きつけの薪《まき》が湿気っていて、なかなか着火しない。それを見ていた実家の主となっている兄が、空き缶に少量のガソリンを入れてきた。

「湿気ってるからな。ガソリンでも使え」

そう言うと、兄は燃えない薪にガソリンをかけて着火した。

こういうのは野焼きでも慣れているらしい。短気な兄は燃えにくいものはガソリンをかけて着火すると言う。

ガソリンをかけられた薪は一気に燃え始める。燃えにくい薪を天然ウランとすれば、ガソリンは何に相当するか……。

「兄貴、わかった！　ありがとう！」

それが、吉田が船舶用原子炉の基本原理を確立した瞬間だった。実家の用事を終えて燃料廠に戻った吉田は、すぐに構想と基本図面をまとめて上司に提案した。

吉田の考えた原子炉の原理は比較的単純だった。まず、粒子加速器により原子核を破壊して高速中性子を作る。その高速中性子を重水中の天然ウランにぶつければ、ウラン２３５と中性子の衝突確率が増加して連鎖反応が起こる。それによりエネルギーを取り出せる。

連鎖反応の調整は、加速器による中性子放射量を調整することで制御できる。なによりの利点はウラン濃縮をすることなく、天然ウランでもより活発な連鎖反応を起こせることだった。

機械類は大きくなるが、それでもこれなら戦艦に搭載できる大きさに収まる。

じっさいには原子炉だけでなく、ディーゼル発電機も搭載する。最初にそれで粒子加速器に電力を供給して連鎖反応を起こし、原子炉から電力供給が可能になった時点で、加速器への電力供給もディーゼルから切り替わる。

ある意味では軍艦の機関部が重複する形になるが、それでも全体で見れば軍艦に収められる。

それに、原子炉から独立したディーゼルエンジンが存在するならば、原子炉に万が一の事態が生じても、全電力を喪失するという事態は避けられる。これは軍艦では重要な点だ。

しかしながら、吉田技官もこうした装置が今日できる、明日できるというような目先のことは考えていなかった。通常の手順を踏むならば、こうした装置には一〇年、二〇年という時間が必要なはずだからだ。

むろん、国家プロジェクトとして予算と人材を投入すれば話は別だが、そこまで切迫した事態ではないと彼は考えていた。

ところが状況は違っていた。上司に書類を提出してほどなく、彼は森永《もりなが》少佐という軍令部作戦課の課員の訪問を受ける。

「貴官の研究だが、本当に戦艦に搭載した場合、戦艦の速力はどれほどが期待できるか？」

それが軍令部参戦課の質問だった。

「それは戦艦の大きさによる。加速度は出力と重さの関係だから」

それを聞いた軍令部課員はしばし考えた後で、こう言った。

「長門《ながと》型戦艦を三二ノットで航行させるようなことは可能か？」

「私の考えが間違っていなければ、それは造作のないことだ。それくらいのことは十分可能だ」

「わかった。ありがとう」

森永少佐はそう言って去って行ったが、数ヶ月後に吉田は自分が新型戦艦建造計画、のちに大和《やまと》型戦艦と呼ばれることになる戦艦の建造に関わる辞令を受け取った。

「海軍軍縮の期限が切れたら、日本は新戦艦の建造に取りかかれる。

四六センチ砲搭載のこの戦艦は、原子力を搭載すれば三〇ノット以上の速力を維持しながら太平洋を突っ切り、西海岸を直接狙える性能を有するだろう」

再会した森永少佐から話を聞かされた吉田は、それが可能であることは示しながら、問題点を指摘する。

「まず、重水を大量に生産しなければなりません。さらにウラン鉱石が必要です。この二つを確保しなければ原子炉は動きません」

「重水はどうやれば？」

「電気分解で製造可能です」

「ウラン鉱石は？」

「日本国内でも人形峠に鉱脈はありますが、満州の遼寧省本渓方面の鉱山が有力です。ウラン２３５の含有量が国内より期待できるので」

二人はしばらく技術的なことを話し合う。

森永は科学者ではなかったが、理解力はずば抜けていた。そうしてプラントの概要が固まっていく。

「水力発電所の豊富な電力で水を電気分解して重水を製造し、その過程で生まれた硫酸を用いて満州からの鉱石を利用し、ウランの精錬を行う。そういう流れですか」

「そうなります」

吉田は森永の発言を肯定する。

「重要なのは電力です。したがって、信州の適当な山の中に専用の水力発電所を建設し、鉱石は鉄道で発電所まで運んで処理して、再び鉄道で軍港まで運ぶことになるでしょう」

「海軍の重要工場を山の中に建設するわけですか」

森永はそう言いつつも、その構想が面白そうだった。

「じつは内務省や商工省が、日本の発電能力を強化する計画を立てています。その一部にこの計画を押し込むことは可能でしょう」

そしてそれは実現し、吉田は重水製造とウラン精錬工場の工場長となるのだった。

4

昭和一二年八月、海軍燃料廠実験部付属第二水力発電所。

海軍燃料廠実験部付属第二水力発電所の開所式は密かに行われたが、海軍大臣や軍令部部長、さらには皇室から天皇の名代が参加するという重要なものとなった。

所長である吉田にとっては、それだけでも緊張を強いられた。

海軍首脳陣が集まりながらも参加人数が少ないのは、相変わらず軽便鉄道しかないためと、開所式で作動させる第二水力発電機を直接目にするわけにはいかないからだった。

第二水力発電機と言っているが、正体は原子力発電機にほかならない。

いろいろ計算すると、中性子とガンマ線が人体に有害なレベルとなるので、原子炉から離れた場所、つまり制御室内で開所式は行われる。そこは一〇名も入れば人で一杯となる。

ただでさえ狭い制御室内は、操作の邪魔にならないようにしながらも、紅白の幕などが広げられていた。

一連の挨拶やらなにやらが終わると、天皇の名代により制御装置の巨大なスイッチが入れられる。

軍艦用の機関としてはディーゼルで粒子加速器の電力が供給されるが、ここは水力発電所なので、その電力で粒子加速器は稼働する。だから、スイッチを入れても音が変化することはなかった。

変化するのはメーターと素粒子をカウントするブラウン管だった。

原子炉周辺には特殊な気体を封印したガラス管に電極を刺したものがある。放射線で内部の気体が電離すると、電極のあいだに一瞬電流が通じる。ブラウン管はその電気的なパルスを表示する。

原子炉で何も反応がなかったら、自然放射線によるスパイクが稀《まれ》に表示されるだけだが、原子炉が活動すれば、膨大な電子スパイクでブラウン管は真っ白になる。

それに呼応するように原子炉内の温度が上昇し、蒸気圧力も上昇し、ついにタービンが回転して発電を行い、電力が生産された。

制御室の窓の外にはいくつもの電球が祭りの提灯のように吊り下げられていたが、発電力が一定量を超えると制御室のスイッチが入れられ、すべての電球が点灯する。そうなると制御室内は拍手で満たされた。

「第一段階は通過したな」

吉田は自分の仕事の半分は完了したと思った。

そうした吉田所長に一人の海軍士官が近づいて来た。それは呉海軍工廠の人間だった。

「ありがとう。これで心配せずに工事ができる」

それが吉田と大沼《おおぬま》機関大佐の出会いであった。

5

昭和一二年一〇月、呉海軍工廠。

「これを組み込むことになるのですか？」

呉海軍工廠の大沼機関大佐は、海軍工廠の倉庫の一角に秘密裏に並べられた燃料廠型罐《かま》を感慨深げに見ていた。

それらは基本的な稼働実験において動作を確認されてから、同じ型の機材が積み込まれることになる。

燃料廠型罐は高速中性子にさらされる関係で、二次的な放射線源となるため、試験後に同じ機材を軍艦に積み込むのは危険と判断されたためだ。

ひと通りの基礎実験が終わった後には、これらの機材はウランを抜いて、そのまま船に積み込まれ、日本海溝に投棄されることとなっていたが、基礎実験がいつ終わるのか、明確な指針は立っていなかった。前人未到の実験すぎたからである。

中性子を発生する粒子加速器は軍艦に搭載するものと同じであった（というより、この時代の技術では小型化に限度があった）。戦艦伊勢《いせ》では原子力機関は左舷と右舷の二基が搭載されるが、この実験機は一基だけである。

実験機の周辺は軍機のため立ち入り禁止であったが、これは放射線の問題もあったからで、実験機の周辺には土嚢と水を詰めた樽が並べられていた。ただ、この放射線遮蔽については、戦艦は鋼鉄で囲むからいいものの、カドミウムなどを活用することも検討されていた。このあたりは実用化と並行して技術開発が進められていた。

その点では通常の技術開発よりも性急な動きが見られたが、それもこれも「太平洋無補給三〇ノット航行」に軍令部が惚れ込んだ結果であった。

「そういうことになります。いや、この短期間でよくできたものですよ」

そう大沼に語ったのは吉田所長であった。

じつは、海軍燃料廠実験部付属第二水力発電所の原子炉と並行して、艦載用の試作品の製造も行われていた。

長野の発電所の運用実験の結果は、そのまま目の前の試作機の製造現場に伝達され、改良が施されるようになっていた。

大沼がいま稼働させようとしている試作機も、その実験データは現在製造中の戦艦伊勢用の原子炉に反映されるはずだった。

6

この時、呉海軍工廠では二つのプロジェクトが進んでいた。一つは軍縮条約明けを見据えた新型戦艦の建造準備で、この戦艦がのちの戦艦大和となる。

もう一つが世間からそれほど注目されていなかったが、戦艦伊勢の近代化工事である。この一見地味な近代化改装工事には、新型戦艦建造の重要な実験という側面があった。

なぜなら、戦艦伊勢の大規模な近代改装は、機関部の近代化を行うものとされていたが、それは世界初の原子力主機（従来の艦本式ではなく燃料廠式と呼ばれた）を搭載した軍艦の実験を意味していた。

戦艦大和の機関については、従来型のタービン採用かディーゼル主機、さらには原子力機関の三つの選択肢があった。

もっとも高性能なのが原子力なのは言うまでも

ないが、じっさいにそれを採用した艦艇は一隻もなく、技術的には未踏の分野であった。それを新型戦艦に採用することには反対意見も多かった。

そこで、主機の交換を含む近代改装予定の戦艦伊勢の工事で原子力機関を搭載し、その運用経験を見るということが決まった。

もしこれが失敗作であることがわかったら、戦艦大和は従来型の蒸気タービンかディーゼル主機搭載となる。

未踏技術だけに逆説的だが箸にも棒にもかからないものなら、戦艦大和の工期の遅れはほぼ生じないであろう。逆に、伊勢の運用経験で大きな問題がすぐにはわからないようであるなら、大和に搭載しても大きな問題が起こらないという道理である。

じつを言えば艦政本部内では、ディーゼル搭載は比較的早期に否定的な意見が大勢を占めていた。潜水母艦大鯨《たいげい》の経験などから、戦艦大和に搭載可能なディーゼル主機を開発できるのかどうか、疑問点が出てきたからだ。

その点で、原子力も従来型タービン主機も蒸気さえ導出できるなら、タービンから先は同じである。原子炉の大きさにしても、推定で六〇〇〇トン以上になる重油を節約できるから、その容積をヘソクリとして活用できれば搭載は可能だ。

こうした点から設計面では、従来型か原子力化の選択のほうが作業を進めやすかった。

とはいえ、実際に大和用の原子力主機を設計するには技術情報が少なすぎた。

そこで、まず海軍燃料廠実験部付属第二水力発電所で戦艦伊勢に搭載するのと同じ機構（ただし、本当の意味での実験機である関係で容積は大きくなっている）の発電所を稼働させ、そのデータをもとに戦艦伊勢用の原子力主機を製造する。

その上で伊勢の運用成績から、戦艦大和用の原子力主機の製造と施工が行われる計画だった。文字通り走りながら考えるようなことが、戦艦用原子力主機では行われていたのであった。

そうまでして軍令部が原子力主機搭載の博打《ばくち》を打とうとしたのは、それが実用化された場合の成果が大きいからである。

なにしろ世界最大の戦艦が、三〇ノット以上の速力を維持しながら燃料の補給なしで航行できるのだ。そうなれば、太平洋は大和にとって文字通りの庭となる。

日本からアメリカ西海岸までを一気呵成《いっきかせい》に渡りきり、一方的に砲撃を仕掛けて帰還するという離れ業ができるのだ。

すでに二番艦の建造についても具体的な検討が行われているが、少なくとも四隻建造される予定の新型戦艦がすべて原子力であれば、その四隻だけで真珠湾の米艦隊を一方的に殲滅《せんめつ》することさえ不可能ではないだろう。

この無補給と三〇ノットの二点を実用化できるという可能性が、軍令部を前のめりにしている。それどころか、計画中の大型正規空母の主機も原子力にするという意見さえあった。

これなら三〇ノットで太平洋を渡った機動部隊が、制空権下の艦隊決戦という軍令部の夢を実現できる。来航する米太平洋艦隊を、機動力を活かした四戦艦と空母により漸減《ぜんげん》要撃を繰り返し、全滅させることさえ不可能ではない。

軍令部の関心は高かったが、それもこれも原子力機関が成功すればこそだ。それだけに伊勢の近代改装には、各方面から強い関心が持たれていた。

ちなみにこの原子力機関については、のちに陸軍にも情報は公開されたが、陸軍側の関心は低かった。

日本国内の電力事情にプラスになる点は評価されたものの、送電網などのインフラ整備が伴わねば原子力発電の真価は発揮できない。発電所だけで電力需要の問題は解決しないが、日華事変で大量の鉄や銅が必要とされている局面では、それらの整備は「事変後」になるという認識だった。

最初に吉田技師が期待していたような人造石油の話であれば、陸軍も強い関心を持ったであろう。あるいは、戦車に搭載できるくらい小型化できたなら別の意味で協力も考えただろうが、そのどちらでもなかったことから、陸軍の関心は比較的低調であったのだ。

それでも彼らは満州のウラン資源の重要性は理解しており、そうした場所は戦略的な地域という認識に関しては共有できていた。

7

「これは意外な問題だな」

大沼機関大佐は、その問題にどう対処するべきかわからなかった。

海軍工廠の一角に製造された原子力機関の運用

実験は、特に大きな問題もなく稼働していた。原子炉こそ新機軸だが、罐から先は普通の蒸気タービンであり、そこに不安はなかった。

若干の改善点としては、艦政本部の実験により改装される伊勢のスクリューが新たな設計となった。三〇ノット航行を中心とすることから、従来型のスクリューではキャビテーションが無視できないため、そこが改良されたのだ。

しかも、このスクリューではキャビテーションが抑制される分だけ効率が改善し、計算上は二ノットほど速力が向上するらしかった。むろん、このことは戦艦大和の設計にも反映される。

こうした運用試験のなかで、予想外の事態が起きてきた。パイプなどに塗ったペンキが、放射線のために剥離してしまうのだ。

そこは人間が立ち入れない場所であり、問題ではないといえば問題ではない。

大沼が吉田所長に電話を入れてみると、吉田はそんな問題は起きていないと言う。

「いや、我々の施設ではペンキなど塗っていないんだ。ステンレス鋼を使っているから」

これは大沼にも予想外の事実だった。発電所と軍艦の違いなのだろう。構造こそ同じであったが、細目にはいろいろと違いがあったらしい。

問題は、大沼機関大佐がこの問題をどうするのかだった。無視すれば無視できた。それに対する彼の判断は現実的だった。

稼働中の原子炉は放射線により錆も生じないかもしれないが、整備などで稼働を停止しているなら塗装がなければ錆びてしまう。ここはどうしても塗料を開発すべきだ。

なので、とりあえずはいまのままで運用し、並行して技研などに特殊塗料の開発を要請することになろう。

不燃塗料の類だろうと大沼は考えた。とはいえ、大沼の専門外の領域であり、そこは技研にでも委ねるしかない。

こうしていくつかの審査を行った後に、戦艦伊勢の機関部は原子力機関に転換することが正式に決定した。艦政本部や軍令部など関係者には、この決定に安堵するものは多かった。

戦艦伊勢の近代改装が遅れる程度ならまだしも、新型戦艦の機関部が原子力から通常の重油燃焼となれば、さまざまな戦術的選択肢に影響を受けることになる。

しかし、大沼の実験により伊勢への搭載にほぼ問題がないことが確認され、搭載する機械類はそのまま製造され、工程表にしたがって積み込まれることとなった。

積み込み作業でも大沼機関大佐は多忙をきわめた。何もない倉庫だから組み込みには苦労しなかったが、軍艦に組み込むとなれば、小さな改修作業も必要だったからだ。

「これで伊勢も三〇ノットも出るようになるんですか?」

そう尋ねてくる造船官もいたが、大沼機関大佐は首を振る。

「最高速力は二八ノットを予定しています」

それは関係者全員の同意事項だった。

そもそも二三ノットが最高速力の伊勢が、二八ノットに増速するだけでも運用範囲は劇的に広がる。まして無補給で太平洋を往復できるとなれば、なおさらだ。

ただ、日本海軍も原子力機関については十分な経験がなかった。というか、世界でも経験のある海軍はない。

そのため蒸気圧や温度については、すでに十分な経験がある水準にとどめたのだ。

簡単に言えば、原子力の罐以外は普通の軍艦のままということだ。だから、長期間の運用で戦艦伊勢に問題が起きたとしても、罐に関する部分に傾注すればいいというわけだ。

事の是非はともかく、戦艦伊勢の近代改装はのちの戦艦大和建造のための実験データ収集の意味もあり、それだけに新機軸は原子力機関の一つに絞ったという側面もあった。

じっさい重油燃焼機関での近代改装を行った場合でも、伊勢の最速力は二五ノット程度は確保される予定であり、その意味でも罐以外の部分は保守的な設計であった。

戦艦伊勢の改造工事はこのように順調に進んでいたが、ある時点から問題が生じはじめた。

それは、原子力機関という列強のいずれもが採用していない機関の実用化に世界ではじめて成功したことで、機密管理が問題となったのだ。

これは伊勢の近代改装には大和型戦艦建造に関わる実験という性格があるため、新発明と新戦艦の両方の最高機密に影響するわけである。

一方で、この技術に習熟した人材の育成も必要となり、機密は厳格に人材は多めにという機密管理の上で矛盾する作業を強いられた。

じっさい機密管理は厳格であった。それは大沼機関大佐の自宅がなにものかに監視されていることでもわかったが、それだけではなかった。

原子力機関の技術を学んだ呉海軍工廠関係者は、原則として呉市の外に出ることが禁止され、呉市の外に出るには特別な許可証が必要となった。

呉鎮守府内には、装甲車や豆戦車を保有する市内警戒専門の陸戦隊も編成され、警察とは別に呉市内ににらみをきかせた。

大沼自身も警戒の厳しさは感じていたが、それは日々強くなっていた。たとえば、たまに姿を見なくなった職員がいた。

定期異動と聞いていたが、工廠内の噂では「電車で世間話をしてきた男がいて、それに特殊金属の話をしたら、そいつが警察の人間だったので検挙された」というような話が流れていた。

ここでいう特殊金属とはウランのことだ。ウランの三文字は呉ではタブーだった。真偽は定かではないが、こんな噂が意図的に流されている節もあり、当局の警戒感のほどがうかがえる。

大沼はのちに知ったのだが、呉市に移住する人間に対しても審査が強化されており、いくつかの基準を満たさねば移住が許可されないようなことも行われていたという。

つまり、呉海軍工廠を中心に呉市は密かに封鎖都市化されようとしていた。ただ、呉市民の抵抗はほぼなかった。

日華事変は拡大を続け、国際情勢も不穏である。そうしたなかで海軍都市である呉市が、スパイへの警戒を強化するのは当然と受け止められたためだ。

とはいえ外部の人間からすれば、つまり原子力に無関係な海軍関係者には不審感が積み上げられていくばかりだった。

それでも呉市に関して言えば、閉鎖都市としての性格は、より強化されるようになっていくのだった。

こうした動きと呼応するように、戦艦大和建造に関する機密管理について、大沼機関大佐にも影響が出始めていた。

重水工場の吉田所長と大沼機関大佐が原子力機関についてもっとも精通している海軍軍人であるのだが、吉田には戦艦大和に関して一切の情報が流れないこととなった。

そもそも吉田は燃料廠の人間であり、これについては理解していた。

むしろ吉田にしてみれば、工場運営で手一杯で新型戦艦に関わる余裕はなかった。長野から東京の会議に参加するだけでも数日が費やされてしまうのだ。

問題は大沼機関大佐である。原子力機関については第一人者だが、そのまま戦艦大和の建造に関わらせることに異論が出たのである。

その最大のものは、「大沼には原子力機関そのものに専念させ、新型戦艦には関わらせるべきではない」ということだった。

そこには大沼に対する嫉妬もないとは言えなかったが、より大きいのは海軍機関科問題に関するものだった。

原子力による大沼機関大佐の海軍への貢献は、

誰の目にも明らかだった。新型戦艦が成功した暁には、機関少将から機関が取れた海軍少将になるのは間違いなく、最終的には海軍大将になるのも時間の問題と目されていた。

とはいえ、海軍の兵科将校の大勢は機関科から大将が生まれることに拒否感を抱いていた。それは大沼個人の問題にも関わらず、面倒な海軍内の身分を改定することに通じる。

それはそのまま人事の問題であった。大沼問題は、そうした厄介な問題に飛び火しかねなかったのだ。

そうしたなかで、正木《まさき》機関少佐は大沼機関大佐に呼ばれることになる。

8

「入ります」

正木が大沼の執務室に入ると、ほかに人間はいなかった。

「よく来てくれた」

大沼はそう言って、正木に席を勧める。

「正式な辞令はおいおい届くはずだが、貴官が呉で現在建造中の新型戦艦の機関長となる内示が下った。

もちろん完成後のことで、現時点では艤装員となる。それと同時に期間限定ではあるが、戦艦伊勢の機関長を兼任してもらう」

「それは伊勢はともかく、今後、自分が大和の機関長となるということでしょうか」

「ほかにどんな解釈ができる？　呉海軍工廠で建造中の新型戦艦が大和しかない以上、その機関長は大和の機関長となる道理だろう」

「ですが、原子力機関について海軍でもっとも精通している課長こそが……」

そう反論しかける正木を大沼は手で制する。

「小職はすでに大佐であり、戦艦の艦長は大佐の職である。戦艦に大佐は二人も必要ないなら、小職が乗るわけにはいかない。

それに原子力機関は実用化できたとはいえ、まだまだ改善の余地は残されている。

一等巡洋艦に搭載できるようになれば、艦隊の概念も変わる。潜水艦に搭載できるようになれば、米海軍は港から出ることさえできなくなるだろう。そのためになすべきことは多い。小職が、ここを動くわけにはいかぬ」

それは大沼の願望であり、じっさいそれが実現できた場合の波及効果も嘘ではなかった。ただそれがいつ実現するのかについては正直、悲観的だった。

理由は、ウラン燃料の確保と重水生産に限度があったからだ。それらがなければ、原子力機関を製造するのは難しい。それでもなお、前を向いていかねばならない。それが大沼の考えだ。

「だからこそ、貴官に大和の原子力機関を委ねるのだ」

大沼は正木機関少佐の肩を叩いた。

「自分にそのような大任が務まるでしょうか」

「それはわからん。しかし、務めあげねばならん。

務まるかどうか逡巡するような余裕は、我々にはないのだ」

それは大沼の本音であり、正木もそこはわかっているようだった。

海軍全体を見渡しても、原子力機関について精通している人間は数えるほどしかいない。本当であれば正木機関少佐も部下を教育し、人材育成にあたらねばならない立場なのだ。

しかし、戦艦の建造は進んでおり、どのように人材育成を行うのか？　機関学校なのか燃料廠が担当すべきかの結論さえ、まだ出ていない。教範の作成や実習用機材の製作など、手をつけるべき問題も多かった。

つまり、いま海軍で原子力に関わるというのは、一人が山のような案件を抱えることを意味していた。

「最善を尽くします」

それがもっとも誠実な返答だろうと、大沼も理解した。

第2章　高速軍艦

1

昭和一三年五月、戦艦伊勢。

　近代改装中の戦艦伊勢は原子力機関に改装され、試験航海を行うまでに至ったが、艦内編成上の大きな変更があった。

　これは機密管理によるもので、要するに機密を漏らした乗員をパージした結果、補充要員を乗せることになり、これに伴い艦内編成の改編が必要となったのだ。

　秘密漏洩といっても、そもそも原子力機関の構造を理解している人間が不足している状況では、技術的な詳細に関しては漏れていない。しかし、日本海軍としては「原子力動力を日本が実用化している」という一点が、海外に流れることこそダメージと理解していた。

　海軍の技術関係者は、日本の技術力を冷静に分析していた。

　なるほど、原子力は画期的であるが、アメリカやイギリスなどの外国には開発できないというものでもない。日本は数年の技術経験を列強に対して得ているが、現段階では国力のある国が投資をすれば抜かされるレベルでしかない。

　そもそも、原子力で動く軍艦は伊勢しかないのだ。一隻だけの技術的優位など、安心できる水準とはお世辞にも言えないだろう。

海軍としては、原子力艦隊程度のものが整ってから、つまり戦略兵器レベルのものがそろってから海外に存在を誇示して、軍事的プレゼンスにより相手の譲歩を引き出すという方針であるから、ともかく現時点での情報漏洩には神経質だった。

もう一つの問題は、日本の化学産業の遅れから、原子力機関に使用できる特殊鋼や耐腐食鋼材の類については、完全にアメリカやイギリスからの輸入に頼っていた。

それらについての国産化の研究も進められていたが、ともかくいま現在はそれらがないと原子力機関の製造は無理である。

したがって、アメリカやイギリスが原子力機関の存在を知った場合、そうした特殊材料が輸入できなくなる恐れがあった。普通に考えても、原子力の存在を知ったなら、必要な資源の売却に制限がかかることは明らかだ。

こうした背景から、軽微なものでも機密漏洩の検挙者は容赦なく逮捕された。しかも、検察が起訴して裁判沙汰になることも機密管理に関わるため、不起訴が決定するまで勾留するという方法が主として用いられた。

これは、海軍としても人材不足であるのと、下手に海軍から放逐して勝手な発言をばらまかれるよりも、海軍内部で管理するほうが上策という判断による。

一罰百戒を目的に、この伊勢にまつわる検挙者の処遇はかなり厳しいものであったようだ。勾留を解かれた海軍将兵は、原子力についてはもちろん、戦艦伊勢に乗っていたことさえ隠そうとしていたという。

だから、この時のパラオまでの遠洋航海は、海軍の視点で「安心できる人間たち」によって運用されていた。

機関長としての正木機関少佐にとって戦艦伊勢の試験航海では、データ収集の任務はもちろんだが、機関科という組織を一つの機能する集団にまとめあげる必要があった。

しかし、軍令部や艦政本部は原子力機関の実用化を最優先していたため、機関科の人材育成という点では積み残しがあまりにも多かった。というよりも、見切り発車の後始末を正木が引き受けた格好だった。

一番の問題は、機密管理と最先端科学という事情から、開発のほとんどが海軍技師や海軍士官、将校で行われていたことだ。つまり、原子力機関に精通している下士官兵が圧倒的に不足していたのである。

それは原子力機関の実用化の速度が急速であったことと表裏一体であったが、ともかく人材不足は深刻だった。

新型戦艦や新型空母にも原子力機関を搭載するという構想もあり、それらを扱える下士官兵の養成が急務だったが、どこが教育を担《にな》うのかについて海軍省でもまとまっていないのが現実だ。

海軍機関学校が担当という意見が一番多いのだが、長野県の吉田所長の海軍燃料廠実験部付属第二水力発電所で行うべきという意見も根強い。もっとも優れた技術環境がそこだからだ。

また、機関技術とはいえ重油燃焼と原子力ではあまりにも基盤技術が異なることと、原子力に高い機密性を有することから術科学校とすべきという意見も強かった。

それらの意見がどのような形で収束しようとも、当面はこの戦艦伊勢で人材育成を行っていかねばならない。

しかし、アンバランスなほど原子力について理解している下士官兵を欠いた状態での運用は簡単ではなかった。

結果として、呉海軍工廠の中尉・大尉クラスの機関科将校を乗せて当面の運用を行わねばならなかった。

これは、ここで経験を積んだ将校はそのまま機関長・機関士として、原子力軍艦の機関科幹部として異動するためと、彼らが伊勢を動かしているあいだに、下士官兵を教育する講習会を正木機関少佐を中心に行うという形になった。

この講習会の中で「海軍原子力機関取り扱い教範」の草稿をまとめあげることと、カリキュラムをまとめるという意味があった。

遠洋航海を行うのは機関の試験だけでなく、外部から完全に孤立した状況で教育を行うためである。

それもあって、この遠洋航海には「訓練生」の機関科の人間ばかりが異様に多く乗せられていた。そのために砲術科の第一から第三砲塔までの人間を降ろしたほどだ。これだけでも一六五人分の余裕ができる。

実際の講習会は機関科の人間だけでなく、航海科や砲術科などほかの兵科にも機密管理の誓約をとった人間に限り公開されていた。

考えてみれば当然の話で、三〇ノット以上で航海できる軍艦となれば、航行のやり方も変わる。高速航行となれば、岩礁や暗礁に関する位置の掌握に、より高い精度が要求される。三〇ノットで暗礁に乗り上げれば、大型軍艦での損傷はばかにならない。

意外なのは、主計科や医務科からも人が来たことだ。

重油がいらないとなれば、軍艦の経理にも影響する。無補給で海を渡れるなら、購買の機会も限られ、そうした面での影響がある。

さらに意外だったのは、長距離航海では軍艦から駆逐艦に重油の補給を行うことが普通だったが、軍艦が原子力なら駆逐艦に給油する船が別に必要となる。

つまり、原子力軍艦の実用化により一気呵成の長距離機動戦を行う場合、随伴する駆逐艦のためにタンカーを整備する必要があるというのだ。

しかも、そのタンカーには高速艦隊に随行できる速力が要求される。

考え方は二つあった。一つは原子力タンカーを建造することだが、石油を輸送する原子力船というのは、どうにも矛盾する存在に思えた。

もう一つは、低速のタンカー部隊を艦隊に先行して前進させ、駆逐艦に給油していくというものだ。堅実なのは、確かにこの方法だろう。

しかし、話はそれほど単純ではない。

一六ノットで四七〇〇浬を航行できる駆逐艦も、

三〇ノットとなれば一二〇〇浬しか航行できないという。三〇ノット以上なら、さらに燃費は悪化する。

したがって、タンカー部隊を先行させるとすれば、現行の一〇倍近いタンカー部隊を整備しなければならない。

これが一六ノット程度となれば状況は一気に改善するが、それでは原子力軍艦の性能を殺すことになる。この点は運用面で軍令部その他との密接な打ち合わせが必要となる案件だ。

「三〇ノット以上で航行し続ける高速艦隊であれば、そもそも駆逐艦など不要ではないのか？　敵艦隊は追躡《ついじょう》できず、潜水艦さえ攻撃は不可能だ」

そうした意見も出ていたが、必ずしもそれは多数派の同意は得られていない。

作戦上、駆逐艦だからできる作業も少なくない。さらに駆逐艦を切り捨てるというのは、水雷戦力を切り捨てるに等しい。大砲だけで海戦が決まると言わんばかりの意見には反論が多かった。

原子力駆逐艦の可能性を正木に質問した将校もいたが、それは彼も明確に否定した。

「駆逐艦を原子力にすれば、最低でも重巡クラスの排水量になります。しかし、速力は戦艦よりも劣ることになります。機関効率の問題などがありますから。強引に設計すれば、四軸推進ではなく三軸推進にするなどのかなり面倒な構造となるでしょう」

それは機関科の人間としての正木の意見であったが、じつは軍令部や艦政本部でも同様の駆逐艦問題についての検討は行われていた。

戦艦のような巨艦を母船とし、大型水雷艇を必要に応じて展開するという空母のような案が最初に出されて、すぐに却下された。

理由は、大型水雷艇の展開が簡単ではないことと、水雷戦力の確保ではあるとしても、艦隊護衛の目的としては、ほぼ無力と考えられたためだ。

それよりも軍令部と艦政本部が考えたのは、やはり原子力駆逐艦だった。

それは八〇〇〇トン級の船体で、正木が考えたのと同じく三軸推進とするもので、五連装魚雷発射管四基と一二・七センチ連装高角砲五基を装備する軍艦だった。

対潜作戦について、この艦では考慮してはいない。爆雷などは装備しているが、三〇ノット以上の高速艦隊を攻撃できる潜水艦などないはずであった。下手をすれば、魚雷よりも艦隊のほうが高速かもしれないほどだ。そのため防御の対象は対空となった。

ただ、軍令部にはこの原子力艦が中途半端だという意見も根強く、むしろ原子力艦隊の中の駆逐艦的な軍艦として、超甲巡を原子力で再設計するという意見が多かった。

三一センチ三連砲塔三基に多数の高角砲と魚雷発射管を装備するというもので、駆逐艦というより戦艦に寄った巡洋艦というものだった。

軍令部が超甲巡を推したのは、艦隊決戦の夜戦部隊を指揮する軍艦の必要性を感じていたからだ。三〇ノットを超える高速軍艦が敵艦隊の巡洋艦や駆逐艦を火力で制圧し、そこに水雷戦隊が突入するという作戦を意図したものだ。

これは最初の原子力艦隊の護衛戦力としての駆逐艦という部分と大きくずれているが、その最大の理由は、軍令部内でも原子力戦艦や原子力空母の実用化という状況において、適切な作戦が立てられないことが影響していた。

一気呵成に日本から真珠湾や西海岸を襲撃するというのは、構想ではあっても作戦ではない。そもそも、それは従来の日本海軍による侵攻する米艦隊を迎撃するという防衛計画とは異なる、日本から攻撃を仕掛けるという侵攻計画なのだ。

つまり、原子力軍艦で日本海軍は先制攻撃をかけられる能力を得るとしても、日本海軍のテーゼとして防衛海軍という立場を固持するならば、作戦計画は従来の艦隊決戦の枠内となる。

逆に艦隊決戦の枠内ならば、原子力軍艦を警護する駆逐艦については、ほぼ問題にならないと考えられた。艦隊主力に潜水艦が接近するなど自殺行為であるからだ。

そうなると、戦艦より小型の原子力軍艦として超甲巡の構想が重要になる。

敵の巡洋艦以下の戦力を圧倒できるのと同時に、敵戦艦との戦闘は回避できる。しかし、敵は超甲巡の活躍に対して戦艦をぶつけねばならなくなる。

つまり、艦隊決戦の局面で超甲巡が活動すれば、敵戦艦をそれだけで遊兵化することができるのだ。これは言い換えるなら、敵戦艦部隊を分散し、各個撃破することにほかならない。

こうしたことから伊吹《いぶき》の艦名で超甲巡が建造されるのだが、それはまだ先の話である。

２

戦艦伊勢の遠洋航海は日本とパラオのあいだを往復するものだったが、小笠原諸島周辺で水雷戦隊の演習と合流することも計画されていた。

これは艦隊決戦における戦術の検証であった。

従来は進撃する水雷戦隊の突破口を開く役目を重巡洋艦が担っていたが、原子力戦艦が可能となれば、重巡ではなく高速戦艦を水雷戦隊の露払いに用いられるかどうかという実験を兼ねていた。

というのも、近年の米海軍の巡洋艦戦力の拡充には無視できないものがあったからだ。

現時点では、あくまでも海軍拡張の予算案レベルではあるが、それらが具体化した場合、強力な敵重巡に味方の重巡をぶつけていては、必ずしも水雷戦隊の肉薄雷撃が実現できなくなる恐れがあった。

しかし、敵重巡に味方戦艦をあてられるなら、鎧袖一触《がいしゅういっしょく》とまでは言わないにせよ、敵艦隊に甚大な損害を与えることが可能となる。

夜戦で突入してきた大型軍艦を日本海軍の重巡だと思って突入したら、それが戦艦だったとなれば、迎撃側は返り討ちにあってしまう。さらにここで、水雷戦隊ではなく高速戦艦が襲撃をかけることも、かけないことも選択できる。

最終的な艦隊決戦では、敵主力艦の数が減じているだけでなく、補助艦艇も大幅に減少している。

したがって、夜戦の次の昼戦でこそ高速戦艦の真価が発揮できるとも言える。

こうして演習は行われた。

機関室では正木機関長が艦橋からの指示にしたがい、機関を操作すべく指揮にあたっている。すでにパラオまでの航海の途中、戦艦伊勢は最高速力三四・八ノットという数字を叩き出していた。

とはいえ、この高速ではスクリューシャフトが共振するかのような挙動を示すなどしたため、この速力で航行した時間は短かった。

共振は固有振動数の問題なので、戦艦大和でそのまま反映する問題ではないものの、こうしたことが起こり得るという所見は重要だった。それだけでも伊勢での試験を行った甲斐があった。

また、いろいろ心配された乗員の健康上の問題も、現時点では血液検査などで顕著な異常は認められなかった。もっとも、長期的な影響についてては、この航海ではわからないのも現実だった。

これは戦艦という鋼鉄の塊が放射線の遮蔽に寄与しているためとも考えられていた。

「速力三三ノット」

「速力三三ノット、宜候《ようそろ》！」

戦艦伊勢で安定して出せる最大速力は、暫定的に三三ノットとされていた。その速力が艦橋から指示されたのだ。

各種のメーターが出力の増大を示している。戦艦伊勢の速力は三〇ノットを超え、そして三三ノットになった。

この時、機関科では外の景色はわからなかったが、駆逐艦に匹敵する速力で進む戦艦の勇姿が見えるような気がした。

だが、ここで戦艦伊勢は急激に傾斜し始めた。

おそらく水雷戦隊との演習の中で、急激な転針を行ったのだろう。

もともと二三ノット程度の戦艦がそれよりも一〇ノットも高速を出したら、遠心力で急激な傾斜は避けられない。原子炉を搭載しているとはいえ、従来の罐より極端に重いわけではないのだ。

ここで原子炉から警報が放たれた。

「機関出力低下！」

正木機関長が命じる。彼は警報を示すランプの番号で何が起きたかを悟ったのだ。

戦艦伊勢の速力は三三ノットから二八ノットまで低下した。

すぐに艦長から正木機関長に電話が入る。自分たちが何を実験しているか艦長も理解しているので、その声には緊張が感じられた。

「機関長、速力低下の理由はなにか？」

「原子炉の警報のため、機関長の責任で速力を低下させました」

原子炉の警報に、艦長が息を呑むのがわかった。

「警報とは？」

「解釈次第ではありますが、原子炉の不調ではありません。先ほど三三ノットの速力で急旋回を行ったことで艦の傾斜のため、原子炉内部で重水から露出した部分が生じたのです。

簡単に言えば、急激な傾斜のために原子炉内部が一時的な空焚き状態に陥ったということです」

「原子炉に問題はないのだな？」

「現在は警報も消え、安定しております」

艦長の声がやっと安堵した。

「つまり、三三ノットの速力は出せても、急激な運動には制限がつくということか」

状況を理解すると、艦長も現実的な思考に戻ってきたようだった。

「そういうことになると思います」

「まぁ、機関部以外は以前の伊勢と大差ないからな」

この運動性能と原子炉の問題は、正木機関少佐も予想していなかった。もっとも、こうした知見を得ることが戦艦伊勢の原子炉採用の目的なので、この不都合はむしろ収穫と判断できた。

水雷戦隊との演習は一両日続いた。

艦長は状況を正木と打ち合わせると、伊勢において意図的に激しい機動を繰り返すようになった。戦艦の運動と原子炉の影響に関するデータを集めるためである。

ある意味、原子炉をいじめるこの水雷戦隊との演習により、原子炉の一部の故障を招いたりしたが、それでも多くの知見を得ることができた。

故障に関しても、伊勢の原子炉が完成したものではなく、試作品に近いことを思えば、以後の原子炉の完成度を高める上でも得られたものは多い。

一方で、正木がもっとも懸念していた配管からの蒸気流出に関するトラブルは幸いにも起こらなかった。これは罐から先については既存技術の延長であり、十分な技術的蓄積があったことが大きい。

そうして演習も終わり、日本への帰路についている時、機関科での全体会議で機関士から一つの指摘があった。

「原子炉の出力は戦艦を高速で動かすことを可能としておりますが、機関にまわす蒸気の冷却がうまくいかないきらいがあります。

新戦艦なら復水器の改良で解決がつきますが、熱が無駄になるように思います」

戦艦用原子炉は、重水を用いる炉本体から直接蒸気をタービンにまわすのではなく、高圧水による熱交換を行ってタービンをまわしていた。

これは放射線防御の意味もなくはないが、主たる理由は貴重な重水の漏出を最小限度に抑えるためだった。

その二次冷却水からの蒸気が通常の機関部に流れるわけだが、その冷却が問題となったのだ。もっとも、艦隊行動する時の一六ノット程度では問題にならないし、三〇ノットでもそこまで大きな問題にはならなかった。

おおむね機関部の通風量を増やせば、乗員の負荷は低かった。

ただ、機関士の言う「熱の無駄」という気持ちはわかる。石油を燃やしていた時代の人間としては、燃費は切実な問題だ。

この蒸気問題に、若い機関科将校がまったく違った視点で意見を述べた。

「この大量の蒸気は、空母などでは有効に活用できるのではないでしょうか」

「空母に活用するとは、どういうことだね？」

正木はその意見に興味があったが正直、空母には詳しくない。

「高圧蒸気を冷却するには急激な膨張が一番です。巨大なピストンの中に高圧蒸気を流せば急冷できます。この時のピストンに飛行機をつなげればカタパルトとして飛ばせます」

「巨大ピストンか！」

熱力学の教科書に登場するカルノーサイクルそのままの単純な話だが、確かに原子力機関の二次的な蒸気をピストンにまわせば、魚雷を搭載したような攻撃機でも飛ばせるだろう。

「大型正規空母なら、飛行甲板は二〇〇メートルはとれます。ピストンの長さは半分の一〇〇メートルまでは確保できるでしょう。シリンダー内部で蒸気は冷却され、復水器にまわせます」

3

昭和一四年四月、追浜飛行場。

その時、滑走路で試験飛行を待っていたのは双発機だった。

海軍が世界の軍用機界のトレンドに乗って開発した双発戦闘機。しかし、双発の重戦闘機は戦闘機としては運動性能に劣り、戦闘機としての活躍はほとんど期待できないことが明らかになる。

もっともこれは日本海軍だけでなく、双発戦闘機を施策した国々すべてで得られた共通した結論であった。

そのため双発戦闘機の開発は、中止にはなっていなかったが停滞気味だった。そんな状況下で、中島飛行機の開発チームにある依頼がなされた。

「双発戦闘機を空母艦載機に改造するとともに、長距離爆撃が可能な機体に改修せよ」

それはかなり奇妙な依頼であった。

爆撃機というが、空母艦載の長距離偵察機としても活用できるから、そうした運用だろうと設計チームは解釈した。なぜなら、戦闘機としての要目にはほとんど言及されていないからだ。

破天荒と言えば破天荒な要求ではあるものの、ほかの制約がないだけ楽と言えば楽であった。

そうして改造された機体が、いま飛び立とうとしていた。

「可能であれば陸攻並みの爆弾搭載量を要求されたが、さすがにそこまでは無理だったな」

主任設計者は、試験の場でスタッフたちにそんな感想を述べた。もっとも海軍側もそこは了解してくれており、爆弾搭載量は後日の改善でよしとなった。

これにはエンジンを栄《さかえ》から護《まもり》に換装すれば可能であるという設計側の目算に、海軍側の了解を得られたことが大きい。

機体は滑走路に、翼を折りたたまれた状態で運ばれてきた。今回の改造では最大のものだ。

エレベーターで昇降可能なように双発機の主翼は、やや斜め方向に折りたためられるようになっていた。左右両翼を折りたたんでもよく、端部が衝突することを避けられた。

格納庫ではなく、あえて滑走路で翼を展開するのは、主翼の強度や展開の仕方を広い滑走路で関係者に検分させるためだ。改修機ではあったが、それでもさまざまな新機軸が投入されている。

「爆撃は水平爆撃だけなんですね。雷撃も行わないんですか？」

テストパイロットが機体の整備にあたる中島飛行機の人間に尋ねる。

「要求仕様では水平爆撃だけです。一応、雷撃のために魚雷を吊り下げられる程度の強度は確保しています。もっとも、この機体で魚雷は重すぎますが」

「雷撃は将来的な課題か」

「そうだとは思いますが、我々にはなんとも」

中島の人間は海軍関係者たちとともに所定の位置まで下がる。エンジンが作動し、機体は安定した状態で進んでいく。

ただテストパイロットは、そこに重量過多からくる動きの鈍さのようなものを感じていた。やはり艦載機化することが影響しているのだろう。ダミーの爆弾も五〇〇キロあるのだ。

このあたりは試作機だから許されている部分もある。海軍からの要求仕様には記載されていなかったが、中島飛行機への説明にあたった担当者は将来的なエンジン馬力の向上で雷撃を達成できればいいと言う。

担当官はあまり明確には話さなかったが、開発チームの受けた印象としては、この双発機は雷撃可能でも雷撃そのものは重視せず、むしろ水平爆撃や急降下爆撃（あるいは緩降下爆撃）のほうを重視しているようだった。

単純に考えるなら、双発戦闘機を小型の陸攻として再構築しようというのが、こうした要求仕様だろう。

雷撃よりも爆撃に注力するのは、技術的なハードルを下げるのと、漸減要撃作戦構想における偵察と奇襲を、この機体に担わせるのか？

テストパイロットはそんなことを考えながらエンジンの始動を待ち、操縦桿を握る。

発着機部員が左右両側のエンジンをハンドルをまわして始動すると、彼は計器類を確認し、問題がないことを身振りで示す。

エンジンは快調に動いていたが、五〇〇キロ爆弾を搭載している点で動きは鈍い。風は向かい風であったが、滑走しつつもなかなか離陸しない気がした。それでも飛ばないはずもなく、双発機は離陸した。

機体は安定して飛行している。

安定した飛行というのには、彼の経験からは二種類ある。一つは躍動感を感じる安定性、もう一つは凡庸な安定性。

いまの感覚は後者である。理由は単純で、機体の総重量に対してエンジン馬力が低いのだ。

試験飛行なので直線を飛行することになるわけだが、それでもやはり運動性能の低さは隠しようもない。

それよりも気になったのは、空母艦載機の試験という割には明らかに発艦距離が長い。

滑走路は移動しないから、発艦時には最大速力で前進する空母とは単純に比較できないが、飛行甲板を端から端まで使わないと発艦できない印象だ。

パイロットとしてここで不思議なのは、試験に立ち合う関係者がこの点にはほとんど関心を持っていないように見えることだ。本命は将来のエンジン馬力向上型だからかもしれないが、それでも、もう少し運動性や何やらに興味を持ってしかるべきと思うのである。

もっとも、そもそも陸上機だったものを空母艦載機に改良することが大事であり、その点では折りたたみ翼がちゃんと機能して、離陸できることこそ彼らにとっては重要なのかもしれない。

とはいえ、そこまでして双発戦闘機を空母艦載の攻撃機にする必要があるのか？　そこは操縦桿を握りながらも疑問であった。

こうして最初の試験飛行は大きな問題もないまま終了し、開発は継続された。

昭和一四年二月、横須賀海軍工廠
「実験準備！」

「実験準備宜候！」

「実験開始！」

「実験開始宜候！」

海軍技師が指令を出すと、粒子加速器の電磁石が独特の軋み音を発し始める。実験現場は海岸近くの空き地に飛行機の掩体のような形で土嚢が積み上げられた場所である。そこに基礎的な実験装置が組まれている。

実験開始と同時に人間はその場から離れ、実験の結果は土嚢の外に用意した大型テントの中で、計器を睨みながら行われる。

電流と電圧は着実に上昇し、実験機器の温度も計算通りに上昇していた。磁場についても、中性子を生み出すためのタングステン板の温度も同様だ。

中性子を発生させるための装置は正常に稼働している。それだってここまでにするのは容易ではなかった。

粒子加速器の性能を出すために、実験装置内を真空にするにも、通常のポンプ程度では話にならず、独特の機構を持った真空装置を開発しなければならなかった。このためには酸素魚雷の酸素製造機の技術を活用するようなことも行われた。

さまざまなメーターは設計通りの数値を出していたが、にもかかわらず天然ウランからの放射線量については増えていない。つまり、核分裂が十分な数だけ起こっていないことになる。

「送電やめ！」

海軍技師の指令とともに、すべてのメーターがゼロを示す。それは天然ウランのメーターも同様だった。

「どうして呉で成功しているようにならんのか？」

横須賀海軍工廠の機関科の面々は核分裂がうまく進まないことに困惑し焦りさえ感じていた。

その中で原因を特定したのはすべてのメーターの記録を分析していた短期現役で、記録係として呼ばれていた帝大の学生だった。原子物理の専門家が少ないため、こうした形で実験に参加している人材は少なくなかった。

彼は上司である技師に自分の発見を説明した。

「一連の温度データですが、中性子減速剤の黒鉛の温度上昇が計算値よりも明らかに高いです」

呉海軍工廠では原子炉を重水で製造していたが、横須賀海軍工廠では重水を用いない黒鉛を利用した原子炉の開発を行っていた。重水の生産量が原子力機器の生産数のネックになるとの予測からである。

「それはどういうことなのだ？」

技師は学生の示した図表を見ながら尋ねる。

「一言でいえば、我々はコークスを砕いたものを黒鉛の黒鉛としていますが、黒鉛の純度が低いために、中性子が不純物と衝突してしまい、ウランに十分に中性子が届いていない。それゆえに中性子を加速器で撃ち込んでも十分な密度で衝突していないのです。このため連鎖反応がうまくいかないわけです」

「最高級の無煙炭を用いたコークスだぞ」

「無煙炭と言っても炭素含有量は九〇パーセント程度です。この程度では不十分で、ほぼ一〇〇パーセントの炭素含有量が求められる計算です」

「何か提案はあるかね?」

技師は、何の策もなく学生は来ないだろうと考えたのだ。じじつそうだった。

「まず無煙炭を粉末にします。それを適当な結合剤と混ぜる。そのまま焼結して結合剤と不純物を化合させ、炭素と結合剤に分かれます。そうして粉砕した粉末を炭素と結合剤に分離する。そうして炭素の粉だけを整形するわけです」

学生の提案は理にかなっているように技師には思えた。

「よし、それで実験してみるか」

この時のやりとりが、まったく予知しなかった新兵器を産むことになるとは、この時、この二人にもわからなかった。

4

昭和一四年四月、呉海軍工廠。

空母翔鶴《しょうかく》の進水式は非常に限られた人員で行われた。翔鶴と僚艦である瑞鶴《ずいかく》はほかの空母と異なり、原子力機関搭載の大型空母であったためだ。

当初は横須賀海軍工廠と神戸の民間造船所での建造を予定されていたが、原子力機関搭載が決まった時点で、翔鶴を呉海軍工廠で、瑞鶴を横須賀海軍工廠で行うこととなった。

これは、原子力主機製造施設を呉海軍工廠から横須賀海軍工廠にも増設するという計画の一環であった。

ただ、海軍省などは公式には認めていなかったが、原子力主機の製造は呉と横須賀の海軍工廠以外では行わないこととなっていた。

そもそも大型軍艦にしか搭載できない原子力主機であるから、大型軍艦の建造施設以外で製造することにあまり意味はない。また、機密管理の関係で海軍工廠こそ安全という問題もある。

しかし、問題はそれだけではなかった。重水の生産量と天然ウラン燃料の生産量の問題があったのだ。

戦艦伊勢や同型艦の日向《ひゅうが》の近代改装で原子力戦艦は二隻になっていたが、そこでの経験からわかったのは、運用に伴う重水の漏出が多いということだった。

そして、蒸発した重水による健康被害の可能性が指摘され、そうしたことも合わせた機関部の空調をはじめとする改善が行われた。防護服の開発、改良も並行して行われるようになっていた。

こうした問題は戦艦伊勢や日向における長期間の運用経験により、やっと明らかになったものだった。

ただこれらの問題は、機関科将校などからは「技術的に解決可能」という判断が下されていた。この場合の「技術的に」には「現場負担」も含まれる。

冷静に考えるなら、原子力主機に関しては実用段階にあるとはいえ、未解決の問題も多かった。伊勢が原子力化されてから、いくつもの探知機が開発され、機関室に装備されたという泥縄《どろなわ》な対応もその一つだった。

さらにまったく手つかずなのは、使用済みの天然ウラン燃料をどうするのかという問題であった。

当面は実験のために、海軍燃料廠実験部付属水力発電所の貯蔵施設に収容することになっていたが、新型戦艦四隻がすべて完成する頃には、貯蔵問題は抜本的な対策を迫られる。

理論的には使用済み燃料からプルトニウムを分離し、濃縮すれば再び燃料になるはずだが、その再処理工程は簡単ではなかった。

さすがに吉田所長の工場では実験室的に再処理を研究していたが、やはり年単位の時間が必要と思われた。とりあえずは鉱山跡地かどこかに収容するのが、可能なことのすべてだ。

そうしたなかで、現在の海軍の計画で原子力化が計画されているのが、戦艦伊勢・日向のほかには扶桑《ふそう》、山城《やましろ》の二隻と長門、陸奥《むつ》で、これに新造の大和型四隻が加わる。

伊勢、日向、扶桑、山城の四隻は三六センチ砲を連装六基一二門搭載艦であり、長門と陸奥は四〇センチ砲搭載艦である。

金剛《こんごう》型四隻については、当面は原子力化が見送られた。

呉海軍工廠と横須賀海軍工廠での処理能力の限界と、三六センチ砲八門の（巡洋）戦艦を原子力化するのは、伊勢などの一二門搭載艦が三〇ノット以上の速力を出せる現状では、手間の割に効果は低いと判断されたのだ。

それでも金剛型は高速艦であったので、使い道がないということはなかったが、原子力戦艦の前では二線級の戦力とならざるを得なかった。

さらに、海軍は金剛型の原子力化は見送ったものの、新造空母二隻（瑞鶴、翔鶴）についての原子力化は推進することとなった。

この瑞鶴・翔鶴の空母二隻は原子力による高速化もさることながら、じつは別のものが注目されていた。

速度だけを言えば、大型正規空母はどれも高速艦であるから、必ずしも原子力にこだわる必要はなかった。重要なのは、蒸気圧を利用した二基のカタパルトであった。

原子力機関からの二次的蒸気圧はストロークが一〇〇メートル近いカタパルトを強力に動かすことが可能だった。そこでわかったのは、通常の重装備の攻撃機だけでなく、陸攻の発艦も可能と見られたことだった。

これが可能となれば、ハワイや米本土へ向けて前進し、敵機が反撃できない距離で空母から陸攻を飛ばし、敵に奇襲をかけることも戦術として十分成り立った。

もちろん、空母から陸攻を出撃させるとなれば数は期待できないが、敵本土が安全ではないことを敵に認識させることで、敵軍の動きに掣肘《せいちゅう》を加えることはできた。

軍令部には、日本本土から出撃させた陸攻を空母瑞鶴と翔鶴を中継基地とすることで、米本土に波状攻撃をかけられると言う者さえいた。

　この陸攻を発艦できる大型空母という開発目標はそのまま維持されたが、空技廠などはもっと冷静な開発を行うことを考えた。それは双発戦闘機をベースとした艦載機である。

　これは、空母を陸攻の中継地に使うよりも戦術的な柔軟さが期待できた。戦局の変化によって長距離爆撃機を出せることのメリットは、単なる中継地点としての運用よりも大きいのだ。

　もちろん、これに伴う妥協点もある。エレベーターに搭載できる程度にコンパクトにすることと、全機を双発機にはできないので数は限られており、そのため急降下爆撃で命中率を高めることが必要とされた。

　通常なら空母艦載の双発爆撃機は、戦闘機ベースのものでも発艦は困難だ。しかし、大型空母の蒸気カタパルトはその不可能を可能とする。

　戦艦伊勢の正木機関長もこの進水式に呼ばれていた。

　肩書は戦艦伊勢の機関長だが、現在、機関長の職は別の機関将校が行っていた。いまの彼は次々と建造されている原子力軍艦の技術指導と人材育成にあたっていた。

　戦艦伊勢は原子力機関という視点では、学校そのものだった。

「よろしくご指導お願いします」

　そう言って頭を下げたのは岡崎《おかざき》機関中佐であった。彼はかつて正木の下で原子力機関を学んだ一人だ。

「こちらこそ、よろしく頼む。君もわかっていると思うが、この空母瑞鶴もまた原子力機関の学校となる。君もその教師なのだよ」

岡崎機関中佐は空母瑞鶴の機関長となる予定の人物だ。いまは艤装員の幹部の一員だ。

正木もいまは機関中佐で階級は同じだが、言うまでもなく彼のほうが先任だった。

「早速だが、瑞鶴型は蒸気カタパルト装備と聞いたが本当なのか？」

機関科の人間にとって蒸気カタパルトは航空機を飛ばす兵装というよりも、それだけの蒸気圧を確保できるのかが問題なのであった。

これは蒸気圧でピストンを動かす場合、シリンダー内はピストンが移動することで内部の温度が急冷するからだ。

「本当です。蒸気は蓄熱タンクに一時的に誘導され、そこからカタパルトに噴射されます。このカタパルトから新型機を打ち出すことができます」

「例の双発爆撃機か？」

そうしたものの開発計画については、正木にも原子力の専門家として耳に入っていた。蒸気カタパルトと双発爆撃機は不可分の関係にあったためだ。

「はい。飛行機のエンジンを新型に改良することで、高速爆撃機となります。

空母からの米本土爆撃も、原子力空母と双発爆撃機を用いることで可能となります。数が少ないので急降下爆撃を行い、命中率を高めると聞いています」

そこで岡崎は声をひそめる。

「横須賀の火事はご存知ですか」

「もちろんだ。まぁ、大したことはない」

横須賀の火事とは、横須賀の技術者たちが新しい原子炉を開発しようとして起きたものだ。

彼らは重水による天然ウラン原子炉とは別に、中性子の減速材として黒鉛を用いるタイプの原子炉を構想していた。

これは重水の生産量が原子力機関の生産数を左右する現状を変えるために、重水ではなく黒鉛を用いようとしたものだった。理論的には十分可能であるが、現実は厳しい。

黒鉛炉に要求される黒鉛の純度には、ほぼ一〇〇パーセントの純粋な炭素の塊であることが要求された。なので、そのへんの石炭や炭ではとうてい使い物にならないのである。

このため横須賀海軍工廠では、完璧な炭素の塊としての黒鉛開発を行っていた。ただこの実験過程で、空気中の炭素の粉末に火花が引火し、爆発的な火災が起きたというのだ。

幸いにも実験室レベルなので大事には至らず、死傷者もほとんどいなかった。とはいえ、日本の化学工業の水準の低さを再認識させる結果となった。

「じつはあの火事の原因を調べているなかで、興味深い事実がわかりました。炭鉱でもたまに起きていますが、粉末状の石炭が空気中で爆発的に燃焼したわけです。いわゆる粉塵爆発です。

これを応用すると、通常の爆弾とは異なる広範囲な領域を爆破する爆弾を開発できるということです。徹甲爆弾とは異なる面的な破壊を行える爆弾です。これを双発爆撃機に搭載すれば、数は少ないながらも敵本土を痛打できるでしょう」

正木は岡崎に、そのような爆弾なら艦攻や艦爆にも搭載できるだろうとは言わなかった。

　空母の艦爆や艦攻は、基本的に対艦兵器だ。それは陸攻にしても変わらない。確かに日華事変では陸攻が地上施設を爆撃しているが、あれはむしろ例外的な使い方だ。

　じっさい海軍航空隊からは、地上の静止目標の攻撃ばかりで対艦攻撃の技量が下がるという声さえ起きている。

　しかし、双発爆撃機の爆弾はそれらと違って地上施設の破壊を目的としている。その視野の中にあるのは、米本土爆撃やハワイ攻撃だ。

　粉塵爆弾では駆逐艦さえ沈められないかもしれないが、軍艦を運用する軍港の施設は破壊できる。それはつまり、艦隊を機能停止に追い込めることと変わらない。

　ただ技術者だからわかるが、そうした粉塵爆弾の開発と製造は簡単ではないだろう。未踏分野の開発であるし、また爆弾の設計も難しいために数は出そうにない。

　つまり特殊爆弾の類であり、量産するとしても双発爆撃機の需要を満たせる程度で、陸攻で景気よく投下できるようなものではないだろう。

　ただし、領域を破壊できるからこそ、双発爆撃機の搭載爆弾として理想的なのだ。

「それにしても、軍艦の主機として開発した原子力から、ここまで多種多様な産業の芽が育つとは思わなかったな」

　それは正木の本心だった。

　粉塵爆弾にしてももとを正せば、純粋炭素の生成過程で生じたものだ。これだけでなく、材料その他で原子力主機の開発過程で生まれたものは少なくない。

ただ、そこでわかったのは日本の工業基盤の薄さでもあった。材料にしても、いまだに苦労して外国から輸入しているものもあるのだ。

「我々が原子力で得たのは、己の至らなさを知ったことかもしれないな」

それも正木の本心だった。

第3章　攻撃計画

1

昭和一六年一〇月、呉海軍工廠。

この時期、呉海軍工廠は日々慌ただしく動いていた。原子力主機を搭載した四六センチ砲搭載艦である戦艦大和の就役が目前に迫っていたからだ。

原子力主機が実用化されるとわかった時点で、戦艦大和の設計はかなり変わっていた。原子力主機搭載を気取られないように煙突はついていたが、これは煙突ではなく冷却塔なのであった。

だから戦艦大和の煙突からは煙が見えることはなく、何か見えたとしても、それは水蒸気であった。

しかし、大和型戦艦の設計でもっとも大きかったのは、装甲で守られたバイタルパートの面積が重油燃焼型の設計案と比較して、六〇パーセント台だったものが原子力では八〇パーセントに増えたことだ。

これは装甲部分を増大することによる重量増に伴う速力低下なども、原子力のパワー増大で相殺することができたためだ。これに関しては、質量増大に伴う慣性の増加による運動性能の低下は認められていた。

ただ駆逐艦や巡洋艦ならいざしらず、戦艦に対してそこまでの運動性能が要求される状況は想定されていなかった。

ここは防御と運動性のいずれを選択するかという話であり、戦艦の性質上、防御を取ったということだ。

これは公試で明らかになった点であり、明らかになったのは、つい最近である。ただそれにしても、設計から計算される予測値のあいだに収まっていた。

確かに最大速力である三五ノットで急角度で舵を切れば、危険なほど戦艦が傾斜した。もっとも、艦政本部と機関科将校らとの意思の疎通の悪さもあり、このような運動は禁止されることとなった。

艦が傾斜しすぎれば、原子炉内の炉心が露出してしまう。粒子加速器で中性子を炉心に打ち込む燃料廠式原子炉では、減速材としての重水を失うことは急激な核分裂反応の低下につながり、機械類への悪影響が心配された。

このため航海科では、原子力主機と旋回速度・角度の関係で運用限度をマニュアル化する必要に迫られていた。

このような状況で、戦艦大和の機関長である正木機関中佐は多忙をきわめていた。なにより軍港に停泊中の大和では後甲板にテントを広げて、原子力主機の講習会も開かねばならないのだ。

戦艦伊勢と日向、長門と陸奥、空母瑞鶴と翔鶴、そして戦艦大和。この七隻が現時点での原子力主機搭載軍艦で、年が明ければ戦艦武蔵《むさし》と戦艦扶桑、山城の三隻が原子力主機搭載艦として戦力に加わる。

原子力主機搭載艦としては、これ以降は大和型戦艦の三番艦と四番艦および瑞鶴型空母の三番艦、四番艦の計四隻が計画されていた。

それ以外の計画は現時点ではなかった。重水の生産量やウラン燃料の問題から、これが限界と考えられていたのだ。

大和型戦艦の設計が重油燃料から原子力搭載で大きく変わったように、瑞鶴型空母の設計も変わっていた。瑞鶴型空母も最初の設計より装甲空母に舵を切っていたためだ。

装甲空母化に伴う重量増大は原子力で相殺されたのと、原子力主機の放射線対策は装甲の塊である戦艦では比較的容易だが、装甲の少ない空母では難しいとの判断が背景にある。

機関部の装甲化が重厚になったため、装甲空母で問題となる重心の上昇も相殺されるというわけだ。

もちろん、空母と戦艦では装甲に対する設計はまったく違うのだが、装甲の充実ぶりは「瑞鶴に主砲を載せれば戦艦になる」と言われるほどだった。

このような状況で顕在化するのは、原子力主機に関する深刻な人材不足だった。

理想を言えば素粒子などに関する博士号取得者であるが、そんな悠長なことを言っていられる状況ではない（ちなみに海軍の原子力畑で博士号を持っているのは、長野の重水工場の吉田所長だけだった）。

ともかく機械として操作できる人員の養成が緊急に必要だった。

従来、それは戦艦伊勢で行ってきたが、試作一号の伊勢の原子力主機と量産化されている大和搭載の原子力主機ではいろいろと相違点があり、今後の教育効果を考えるなら、大和型戦艦での実習が不可欠だったのである。

原子炉は工場で量産できても、扱える人材は一朝一夕では確保できない。

それは伊勢の原子力化の時点でわかっていたはずだが、海軍中央は三〇ノット無補給の高速軍艦の実現に作戦課を中心に有頂天になっていた反面、人材育成などに対しては対症療法を重ねるだけで、抜本的な解決を見ていなかった。

機関学校の中に設けるのか、専門の術科学校にするのかという問題さえ、縄張り争いのためいまだに解決できておらず、講習会による自転車操業でなんとかしているのが現実だった。

悪いことに、大沼機関大佐や正木機関中佐らによる講習会のおかげで、現場はなんとかまわっているので、海軍首脳は教育機関の未整備問題に危機感を抱いていなかった。それが現場と上層部の認識の乖離《かいり》を生んでいた。

それでもなお、正木は講習会を続けねばならなかった。とりあえず術科学校で意見がまとまりつつあるという話も耳にしていたからだ。

そんな彼のところに、連合艦隊司令部の田上《たがみ》参謀という人間が訪ねてきたことが、彼の多忙ぶりを倍加させることとなった。

「平均時速三〇ノットで、日本と真珠湾のあいだを往復することは可能だろうか」

もちろんそれは可能であるが、田上参謀が言っているのはそんなこととは違うのは明らかだ。

日本・ハワイ往復の意味は、往復一万五〇〇〇キロの意味にとどまらない。その質問の真意は、原子力軍艦でハワイを叩けるかということだ。

「往復で、ほぼ一二日ですか」

　正木はそんな言葉を漏らす。さすがにハワイ攻撃と口に出すのは躊躇《ため》われたからだ。

「可能だろうか」

　田上は、真珠湾という言葉を正木から吐き出させようと考えているかのように重ねて尋ねてくる。

「まず往復するだけであれば、何も問題はありません。しかし」

「しかし？」

「作戦行動が可能かどうかについては、小職としては返答しかねます。なぜなら、作戦内容がわからないのに、それが可能かどうかの判断などできないからです」

　田上参謀は少し考える。

「原子力主機搭載でも、基本的な命題は三〇ノットを維持できるかどうかであり、必ずしも作戦内容とは関係ないと思うが」

「そうではありません。何もない太平洋を三〇ノットで移動するなら、つまり太平洋のど真ん中で戦艦同士が砲撃を行うようなことなら問題ありません。

　しかし、岩礁などが多い沿岸部を三〇ノットで航行するなら、座礁の危険性が高い。それでもなお三〇ノットを維持するとなると、技術面より航海科などの運用面で困難さが増す。

　従来型の運用を行えば安全は担保されるが、速力を安全なところまで低下させるわけだから、原子力主機の優位性を殺すことになる」

　田上参謀はそれを聞くと、少し迷った末にこう切り出した。

「戦艦の主砲による真珠湾の敵艦隊への砲撃は可能か」

それはかなり踏み込んだ話だった。大和型戦艦などで真珠湾を砲撃しようというのだ。

「作戦側が真珠湾の航路について安全を確保できるのであれば、主砲の射程内まで戦艦を航行させるのは可能です。

ただ湾内の敵艦隊を攻撃するよりも、敵を湾外に誘い出し、そこで速度の優位を活用して撃破するほうが原子力主機を活かせるのではないでしょうか」

正木のいままでの経験から、機関科将校が兵科将校に作戦の提案をする場合、控えめに言っても不愉快な視線を向けられた。作戦科の将校は、作戦を理解できるのは兵科将校だけであり、機関科将校などに作戦はわかるまいという態度を露骨にとる人間さえいたほどだ。

だから、田上が正木の話を一笑に付すことも過去の経験からあり得た。しかし、意外にも田上はそんな態度を見せず、正木の話にうなずいた。

「そのような作戦も可能かもしれませんが、その時に何隻の戦艦がいるかで状況が変わります。

原子力主機があっても多勢に無勢は避けたい。こちらの原子力戦艦は七隻であり、これだけあればたいていの艦隊は降《くだ》せるとは思いますが、やはり先のことを考えるなら一方的に敵を叩きたい」

「先ほどから戦艦の話をしておりますが、原子力で動く軍艦には空母もありますすが？　軍港を奇襲するなら停泊中の軍艦は静止目標です。それなら空母でも攻撃可能では？」

　田上はそれを聞くと少し考える。どうやら、そうした作戦は検討されていなかったらしい。

「空母による奇襲攻撃は、まず敵航空隊の壊滅のために想定されています。真珠湾の航空基地を撃破して制空権を確保、その上で敵艦隊を攻撃することになる」

　田上は空母の使用も検討していることを告げる。

「空母での真珠湾の敵艦隊への攻撃にはかなり制約があります。水深が浅いので航空魚雷が使えず、爆撃だけになる。大型の対艦爆弾は水平爆撃でしか使えないが命中率が悪い。しかも空母艦載機には限りがあり、爆撃による先制攻撃は現実的ではない」

　その説明に正木は疑問を持った。

「確かに空母二隻ではできることに限りがあるのはわかりますが、それではそもそも制空権の確保は難しいのでは？」

「正木さんなら、すでに知っていますね」

　田上は、そう探るように口にする。

「粉塵爆発を利用した爆弾が開発されていることを、原子力関連に従事しているなら耳にしていると思います」

「横須賀の事件ですか」

　田上はうなずく。

「詳細は明かせませんが、単純な粉塵ではない形の新型爆弾となります。正式名称はまだですが、ガス爆弾もしくは気化爆弾と部内では呼ばれています」

2

昭和一六年一〇月、小笠原諸島某所。

測量艦筑紫《ちくし》は、その小島を観測できる海域に進出していた。ほかに僚艦はない。そして、甲板上には映画撮影用のカメラが複数用意されていた。

通常の映画撮影のためと、撮影速度が極端に速いために映画として撮影すると事象をスローモーションで再生できる特殊カメラである。

「陸攻が接近しています」

艦長に無線室から電話が入る。艦長は不審そうな表情でその報告を受けた。

「どうしてわかった？　まさか……」

「はい。電波探信儀に反応があります」

「それで、どこにいるのだ？」

「予定通りの位置にいるとのことです」

測量艦筑紫は今回の実験のために、電波探信儀という装置を積み込んでいた。それは技研で細々と研究していたものだったが、連合艦隊の何かの作戦に伴い、急遽、開発に拍車がかかったという。

技術的にはスーパーヘテロダイン式の極超短波受信機の検波回路に手間取っていたらしいが、燃料廠の発電所関連の技術開発でいろいろな特殊素材が作られたなかで、検波回路に最適な結晶が発見されたということらしい。

ただ二重三重の軍機があるので、何がどうなっているのかはわからない。ともかく電探の性能と実用性が向上したらしい。

その電波探信儀の実験が、いまこの測量艦筑紫で行われようとしているのだ。技研の人間によると、大型軍艦の有無なら水上見張りにも使えるが、基本的に対空見張り用の電探である。

このため筑紫のマストには、モーターで回転する餅《もち》焼き網のようなものが装備されていた。ただ、どのように運用するのかは通信科の将兵でもわからず、技研の人間が操作していた。

その彼らからの報告だ。

しかし、艦長としては陸攻が予定通りに飛行しているのは予想通りであり、それを報告されて、電探の価値を感じろと言われてもやはりピンとこないのである。

「島には誰もいないな？」

艦長は艦橋から問題の島に双眼鏡を向ける。

小さな無人島にいくつもの家屋が並んでいた。

それが標的だ。

実験準備の関係で、すべては木造家屋である。それが二〇ほど見えた。それぞれには番号が描かれている。

「陸攻が針路を変更し、島の後方から迂回して接近してきます」

電探から再度の報告がある。

艦長が双眼鏡を持ち直すと、確かに言われた方角に小さな黒点が認められた。ただ、陸攻側からは針路変更の報告は来ていない。

よく考えてみれば、そうしたことの報告について筑紫とのあいだで、特に取り決めはなかった。だからこの針路変更については、電波探信儀がなければわからなかっただろう。

艦長は考える。いまは実験だから、陸攻が針路変更しようがしまいがどうでもいい。しかし、これが実戦であったなら、自分たちは完全に奇襲されていただろう。

艦長はここではじめて、電探の存在意味を理解できた。

そうして陸攻は接近してくる。

島の上空に到達すると二度その周囲をまわり、いよいよ実験が始まることを無線で筑紫に知らせてきた。

「撮影用意！」

甲板士官が命じ、カメラは一斉に撮影準備に入る。

そうしたなかで陸攻から爆弾が投下された。投下された爆弾は不自然に大きく見えたが、安定翼の後ろに落下傘がついていた。それによりどこに爆弾があるかはよくわかった。

真っ赤に塗られているからだが、これは実験の都合だろう。実戦では空に溶け込むような色になるはずだ。

艦長は航空戦に詳しいわけではなかったが、それでも演習などで対艦攻撃は目にしている。

基本的に航空機による対艦攻撃、特に爆撃の場合は、位置エネルギーを運動エネルギーに転嫁するものであるから、高高度から投下して高速でぶつけるのが望ましいと聞いていた。

しかし、いま投下された爆弾は、高速度どころか落下傘で減速している。落下速度も目で追えるほどだ。

実験用の爆弾は対艦兵器ではないと聞いていたが、それは嘘ではないらしい。

そうして地面と数十メートル程度の高度になっ

た時、爆弾は起爆した。ただ鳴り物入りの新兵器にしては、白い靄《もや》のようなものが拡散するだけだ。あれでは厚紙の箱すらも破壊できないだろう。

　そう思ったのは一瞬であった。二度目の爆発が起こり、白い靄が一斉に炎に包まれ、大音響が響きわたる。

　艦長も海軍兵学校で、爆発現象とは物理的には燃焼現象の一種と習ったが、確かにこの爆弾は爆発が燃焼の一種であることを納得させるものだった。

　事前に測量艦筑紫の安全のために受けた講習では、今回の爆弾は気化爆弾と呼ばれるもので、燃焼可能な粉塵や気体を効果的に拡散し、それらが大気中に作り出す爆轟《ばくごう》範囲に着火するというものだった。

　だから、島からは相応に距離を置く必要があった。可能性は低いとはいえ、気化した燃料が島ではなく海上に流れ、爆轟がそこで起こる可能性もあるからだ。

　艦長も演習などで砲声は何度も耳にしているが、火薬の爆発はもっと甲高い音がした。その一方で、距離を置けば威力はそれほど感じない。

　しかし、気化爆弾の爆発音は火薬よりも低い感じであるが、まさに面の衝撃波を筑紫の艦橋でも感じた。

　じっさい窓の一つにはヒビが入っていた。それだけでも気化爆弾の破壊力がわかる。

　そして、それを証明するかのように標的となった島の上には、あれほど用意されていた木造家屋は一つも残っていなかった。

　火災が思ったよりも少ないのは、燃えるべき家屋が吹き飛ばされたためだろう。海面には木片のようなものがいくつも浮いている。

比較のために置かれている鉄の箱は地盤の関係で傾いているが、おおむね原形を保っていた。

鉄筋コンクリート製のトーチカのような小さな建物も見えた。これらは木造家屋の陰になっていていままでわからなかったものが、爆発により周囲の家屋が吹き飛ばされたので見えるようになったのだろう。

トーチカは確かに建屋としては無事だったが、内部から煙が出ていた。

トーチカの内部までは艦長には知るよしもなかったが、おそらくトーチカの開口部から炎が侵入し、内部の可燃物（机か何か）を焼き尽くした煙ではないか。

気化爆弾は軍艦には無力だろうと言われていたが、艦長にはそこまで単純ではない気がした。

演習前の講習でも感じたことで気になっていたものの、艦長の立場では質問を差し控えた疑問が彼にはあった。それは、燃焼物を広範囲に燃やすというならば、周囲は酸欠になるのではないかという疑問だ。

つまり気化爆弾を使用すれば、その領域の人間は酸素欠乏で死ぬかもしれない。もっともいまの実験を見れば、酸欠を心配する前に爆発の衝撃波で死ぬことを心配することになろう。

ただ、対艦兵器ということを考えると、気化爆弾は予想外の威力があるのではないか。彼はそう思った。

気化爆弾で装甲は破壊できずとも、艦内の酸素をすべて奪うことも可能だからだ。どんなに高度な軍艦でも、中の人間が動けなければ単なる鉄の塊でしかない。

　おそらく開発した人間たちも、そのことには気がついているのだろう。だからこそ、対艦兵器には使えないと言っているのだ。

　対艦兵器に気化爆弾を認めれば、毒ガスの使用にも道を開く。軍艦で毒ガス使用に道を開けば、それはもっと広範囲な運用を可能とするだろう。それを回避するためには、対艦兵器としては使わないとするわけだ。

　ただ、それでも艦長は、気化爆弾の対艦兵器としての可能性はあると考えた。

　対潜作戦で潜水艦がいそうな海に気化爆弾を展開すれば、浅深度の潜水艦なら気化爆弾の衝撃波で破壊できるのではないか？　圧縮空気が漏れだすだけで潜水艦は浮上できなくなるのであるから。

　とはいえ、それもまた邪道な気がするのである。

「いやぁ、予想以上の威力だな」

　艦橋内の将兵は、先ほどまでの家屋が一掃された光景に口々に感想を述べている。

「あれを一〇倍にすれば、町一つが吹き飛びますね」

　そんな軽口も聞こえたが、艦長にはとても笑える話には思えなかった。

3

　昭和一六年一〇月、戦艦長門。

　この日、戦艦長門の後甲板には連合艦隊傘下の主要な戦隊関係者、総勢五〇名あまりが集まり、図上演習を行っていた。

　内容は原子力軍艦による真珠湾攻撃であった。投入戦力は戦艦大和、長門、陸奥、伊勢、日向の五隻と空母瑞鶴、翔鶴の二隻からなる総勢七隻の艦隊であった。

　今回の図上演習は二回目であり、一回目は九月に行われていた。この時の演習では、高速艦隊は真珠湾の哨戒機に発見され、主砲の射程外から敵航空機の波状攻撃を受けるという最悪の結果となった。

　軍艦が航空機で沈むのかという議論には、いまだ結論は出ていなかったが、空母の脆弱《ぜいじやく》性は問題となった。結果として空母一隻を失い、一隻は大破した状態で、部隊は真珠湾を前に引き返すとなった。作戦は大失敗である。

　連合艦隊司令部として、これは不本意な結果であった。サイコロの結果で、双発爆撃機の出撃前に空母が発見され、攻撃されてしまったが、そうでなければ敵の制空権を奪えたはずだからだ。

　そうなれば空母攻撃隊が制空権を確保し、その上で徹底した砲撃を加えて真珠湾を無力化できたはずなのだ。

　そこで最初の図上演習の問題点を洗い出し、再度、行われたのがこの図上演習であった。

　ここで活躍したのが、意外にも電波探信儀の存在だった。電探の技術では日本はアメリカよりも遅れていた。しかし、理論的に電探の分解能などは、投入電力が大きければ改善できる。そして、原子力主機の軍艦よりも電力に余裕がある軍艦はない。

電探のおかげで艦隊は敵の哨戒機を回避することができた。

そして、双発爆撃機がハワイの飛行場を奇襲し、それを無力化して空母の攻撃隊が湾内の敵艦隊を湾外に誘導し、戦艦部隊が砲戦を加えるという筋書きである。

だが、米軍側を担当した第四艦隊司令長官の職についたばかりの井上成美《いのうえしげよし》司令長官は、予想外の戦術に出た。

彼は艦隊の全艦に出動準備を命じたものの、真珠湾内部に部隊をとどめ、出動しなかったのだ。

交通量の多い真珠湾周辺の水路については連合艦隊も把握していた。しかし、米太平洋艦隊が湾内にとどまっているとなれば、空母二隻の打撃力で戦艦部隊を撃破できるはずもない。戦艦部隊を必要以上に接近させねばならなくなる。

ママラ湾から真珠湾まで五キロほどある。だから最低でもママラ湾から二〇キロに接近する必要があった。そこはホノルルとも近いので、長時間はとどまれない。

続いて井上は、湾内から連合艦隊に向けて砲撃するという非常識な戦術を繰り出してきた。

緒戦で航空機は破壊してあったが、ハワイにはダイヤモンドヘッドの要塞があり、これは来航する日本軍に備えたものだった。

ここからは艦艇への砲撃が行えるだけでなく、湾内の軍艦に対して弾着観測を行うことができた。

これは連合艦隊司令部にとって非常に不本意な結果である。陸上砲台との砲戦を避けるのは海軍の常識であることを考えれば、この状況での砲撃は連合艦隊側に不利となった。

こちらが砲撃をかけられるというのは、向こうからも反撃できるということで、戦闘は一方的には進まない。世界最大の戦艦を有するとしても、米太平洋艦隊相手に戦艦七隻で戦うのはかなり難しい。

じっさい図上演習の結果、敵戦艦を三隻撃破できたものの、連合艦隊側も戦力の半数に無視できない損害を被っていた。

連合艦隊司令部側としては今度こそ圧勝を目論んでいただけに、井上の「非常識」な作戦は不本意なものであった。山本五十六《やまもといそろく》連合艦隊司令長官でさえ、不快な表情を浮かべていた。

図上演習の終了後に総括となったが、ここで山本長官は井上に意外な質問をする。

「もし貴殿が攻守を入れ替えていたとしたら、どうすれば勝てたと考えるか」

周囲の視線が井上に集中する。井上の第四艦隊司令長官という急な人事も、井上を海軍中央から追い払うためのものと言われていた。

また軍令部も、真珠湾砲撃計画については投機的で反対との立場を変えておらず、井上の作戦はそれを側面で支援しているように見えたのだ。

そうした背景もあり、山本の質問に対して井上が何を言うのかに周囲の注目が集まった。

連合艦隊司令部の一部は、この山本の質問は危険であることにも気がついていた。

結局のところ、真珠湾砲撃作戦は投機的であることが再確認されたという事実を前に、ほかならぬそれを覆した井上に尋ねるのは、作戦の息の根を止められる恐れがあった。

そもそも連合艦隊司令長官の側からこうした質問をすることは、公正さに欠けると言われても仕方がない。

それでもこんな質問をするのは、山本が井上成美という人間を信頼しているからにほかなるまい。

ただ、それはやはり博打である。

そして山本は博打に勝った。井上は言う。

「今回の連合艦隊側の作戦の一番の問題は、敵艦隊が外洋に出てくるのを前提としていることだ。だからその前提が崩れたならば、作戦目的の達成は困難となる。

作戦目的が米太平洋艦隊の壊滅にあるのであれば、それらが真珠湾にとどまっても外洋に出ても、作戦目的が達成できる構造にする必要がある」

長門の後甲板に集められた大多数の将兵は井上の話に素直に感心していたが、一部の将兵は不審そうな表情を浮かべていた。

なぜなら、井上の指摘は敵艦隊壊滅に戦艦群の砲撃は決定打ではないと言っていると解釈できるからだ。

敵が外洋に出るというのは最初の作戦案通りである。それは問題ないとしても、湾内にとどまっても敵艦隊を撃破できるというのは、図上演習の結果を見ても最初の作戦案では成立しないからだ。

そんな聴衆を前に井上は続ける。

「それでは、どうすればいいのか？　まず連合艦隊にとって、もっとも望ましい形は何か。それは米太平洋艦隊の戦力の半数が出動し、半数が残るような場合だ。

この状況では、敵艦隊は我々の艦隊の戦力で撃破できる。しかも敵が湾内の戦力で再起を期そうとしても戦力で劣勢であるので、反撃を行うのは非常に難しい。

本作戦の結果、アメリカが戦意を喪失して講和に向かうかどうかは、一司令長官の分をこえる判断であるが、軍人として言えるのは、米太平洋艦隊の再建までの時間は稼げるということだ」

アメリカが戦意を喪失して講和するかどうかの判断は一艦隊司令長官の分をこえるとの井上の言葉に、周囲はざわつく。その言葉が山本に向けられているのは明らかだからだ。

「それで具体的には？」

山本司令長官は、さすがにこの程度のことでは動じない。それがわかった上での井上発言であったらしい。

「航空戦力の増強です。空母二隻では、艦隊防空は可能でも打撃力に欠ける。気化爆弾は新兵器だが対艦攻撃兵器ではなく、なにより数が少ない。

敵艦隊を外洋に誘導するには、真珠湾内にとどまることは危険であると判断させねばならず、そのためには計画以上の航空戦力を投入し、真珠湾を気化爆弾で叩く。

確かに戦艦には効果はないかもしれないが、駆逐艦や雑役船を破壊するだけの威力はあろう。それらが撃破されれば、軍艦もまた危険を感じよう」

山本司令長官は井上の提案に深く感心しているようだった。

じっさい山本司令長官は、周囲が思っているほど戦艦の火力に固執しているわけではない。手段はなんであれ、真珠湾の艦隊に奇襲が仕掛けられれ戦力が減殺されればよかったのだ。

こうした空気のなかで軍令部から参加している作戦課の将校が異議を唱える。

「我々は南方の資源地帯を確保するために陸海軍共同で軍を進めるが、そのためには空母部隊が必要だ。第五航空戦隊の瑞鶴、翔鶴の戦力とてほしいくらいだ。

いまここでそれは問わないとしても、井上司令長官の作戦案には重大な問題がある。

原子力主機の戦艦大和以下の七隻を真珠湾攻撃に割くにあたって瑞鶴、翔鶴を投入するのは、燃料の補給を心配せずに三〇ノット以上を維持できるのが、この空母二隻しかないからだ。

ほかの四隻の大型正規空母は通常の重油燃焼型で、原子力部隊には追躡《ついじょう》できない。したがって、真珠湾攻撃で空母戦力の増強は不可能だ。部隊に追躡できないのだからな」

この将校の意見に山本は渋面を作ったが、井上は平静を保っていた。いまのような質問は予想していたものだからだろう。

「我々が必要とするのは飛行機であって空母ではない。だから、その場に空母がいる必要はない」

その場の誰もが、井上が何を言っているかがわからない。それは井上も感じたらしい。

「第一航空戦隊は南方作戦に投入するとして、仮に第二航空戦隊としよう。

真珠湾攻撃艦隊よりも第二航空戦隊を先行させる。こちらは一五ノットで航行するしかないだろう。重油を燃焼させるからな。

そうして原子力艦隊は第二航空戦隊を追い抜いて、真珠湾に迫る位置関係となる。

そこで第五航空戦隊が第一次攻撃隊として真珠湾を攻撃した後に、第二航空戦隊の攻撃隊が出撃し、空母瑞鶴、翔鶴に着艦し、燃料と爆弾を補充した後に第二次攻撃隊として出動させる。

そして、第五航空戦隊の第一次攻撃隊を収容し、その後、第二航空戦隊の第二次攻撃隊に燃料、爆弾を補充し、艦隊の第三次攻撃隊として出撃する。

その後で第五航空戦隊から第四次攻撃隊を出動させる。この間に第二次攻撃隊に燃料のみを補給し、第二航空戦隊に戻す、第三次航空隊も同様だ。

第二航空戦隊が後方にいることで、航空戦力の補充が可能となる。必要なら第五次、第六次攻撃隊も可能だろう。

これだけの攻撃を加えるなら、湾内の艦隊も外洋への脱出を考えるだろう。逆に、あくまでもとどまるという決断をするならば、艦隊は航空隊により大打撃を被るだろう。空母四隻分の爆弾を食らうのだからな」

周囲の人間たちは井上の構想に声をあげた。第五航空戦隊を第二航空戦隊の中継基地にするという発想はなかったからだ。

「しかし、そのような、それこそ秒単位の調整が必要な作戦が実行可能だろうか」

先ほどの軍令部の将校が指摘する。それに対する井上の指摘は明快だった。

「時計のように秒単位の作戦が可能か？　軍令部作戦課の人間の発言とは思えぬな。それを言うなら、貴殿らが金科玉条とする漸減邀撃作戦はどうなのか？

水雷戦隊は時計のように正確に動くことを求められるが、現場の水雷戦隊では、実戦では訓練のように行くのかわからんという言葉は何度も耳にした。

ともかく、そのような作戦が有効であるとされるなら、小職の空母運用もまた可能と言わざるを得ないと思うが、いかがか」

井上から正面切ってそう言われると、軍令部の将校も沈黙するよりなかった。

かくして作戦は一歩前進することになる。

4

昭和一六年一一月、瀬戸内海某所。

双発爆撃機は新型の護エンジンを搭載し、飛行訓練を行っていた。

「電波高度計を作動させよ」

岩田《いわた》機長の命令にしたがい、桜井《さくらい》副操縦士が電波高度計を作動させる。

すぐに機内に間延びした電子音が響く。音は少し大きい気はするが、それにより機長と副操縦士は情報共有が可能となる。

「降下開始」

「降下開始、宜候《ようそろ》！」

機体が降下するとともに電子音の間隔は、間延びしたものから間隔が短いものとなっていく。

機長は音に神経を向けつつも、高度計の目盛りを凝視する。

航空機の高度計は内外の気圧差から高度を割り

出す。それなりに誤差はあるが、たとえば高度五〇〇〇で五メートルの誤差など無に等しい。しかし、海面すれすれを飛行しようとすれば、五メートルの誤差で飛行機は海面に激突してしまう。

一方で、信頼できる高度計があるなら、夜間に超低空飛行で敵に雷撃を仕掛けられる。

そうしたことから電波探信儀技術のスピンオフとして開発されたのが、双発爆撃機の電波高度計だ。これは開発期間が短いこともあり、高度を数値で表示する機構はなく、送信波と受信派の干渉を音で表現する。

だから、操縦員は音で高度を覚えなければならなかったが、高度の精度は五〇センチまで出すことができた。したがって、理屈では一メートル以上の高度なら誤差で墜落することはなかった。

しかし、この装置が必要とされたのは別の理由からだ。

「雷撃準備！」

「雷撃準備、宜候！」

機内の電子音は、ますます甲高い音になっていく。

その音が一定になった。つまり、機体は海面に対して水平飛行をしていることになる。

じっさい左右の景色を見ると、プロペラの風が作り出す飛沫が見えた。一つ操縦を間違えれば、機体は海面に衝突するだろう。

「魚雷投下！」

雷撃の担当は副操縦士だ。

彼は標的との位置関係を目測で確認すると、投下レバーを操作する。機体はその瞬間にがくんと加速を感じたが、彼らの関心はそこにはない。

「直進しているぞ！」

「成功ですね」

「これで真珠湾も怖くないぞ」

二人は操縦桿がなければ抱きつきかねないほど、実験結果に感動していた。

5

この雷撃実験の頃、第五航空戦隊の空母瑞鶴の艦上では、第二航空戦隊の関係者を招いた作戦案の話し合いが行われていた。

「真珠湾を攻撃する第五航空戦隊の航空戦力に対して、第二航空戦隊が航空戦力を増援する」

井上第四艦隊司令長官の提案は、連合艦隊司令部傘下の艦隊や戦隊の指揮官、参謀に理解され、それぞれの部隊に持ち帰られることになったが、話を受けた個々の空母にとっては寝耳に水の話でもあった。

まず主計レベルで問題となったのは、燃料と爆弾の会計であった。つまり、それは兵站《へいたん》を意味する。

何が問題かといえば、第二航空戦隊は艦載機を出すだけだが、第五航空戦隊は自分たちの分の航空機燃料と爆弾だけでなく、第二航空戦隊の燃料と爆弾を手配する必要があったことだ。

これが単純に会計処理の話だけなら、艦隊司令部の主計が傘下の戦隊の経理の調整をすればすむが、現実は違う。第五航空戦隊の空母二隻に、四隻分の燃料と弾薬を搭載することの難しさがあるからだ。

「こうなったら、空母瑞鶴と翔鶴に蒼龍《そうりゅう》と飛龍《ひりゅう》を牽引させて行動させる」という暴論さえ、一時は語られたのだ。

この補給問題に関しては、戦艦伊勢と日向の甲板にドラム缶と爆弾を搭載し、第一次攻撃隊の爆弾と燃料はその搭載分を活用し、第二次攻撃隊以降は瑞鶴と翔鶴搭載のものを用いることとなった。

これは、第二次以降の攻撃では戦艦から空母に物資を移送させる時間もなければ、空母甲板上に空間的余裕がないと考えられたためだ。

これに伴い、空母瑞鶴と翔鶴は八〇〇キロ徹甲爆弾と艦爆用の二五〇キロ爆弾だけを積み込み、魚雷は降ろすこととなった。

航空攻撃は真珠湾から敵艦隊を追い出すところに主たる目的があったが、湾内は水深が浅すぎるので航空魚雷の投下は不可能という結論であった。

それよりも爆弾より容積を食う魚雷は降ろして、爆弾をより多く搭載するのを選んだということだ。

この物資の管理に関しては、作戦面にも修正が行われた。当初、ハワイの航空基地攻撃を行う双発爆撃機は瑞鶴と翔鶴から行われる予定であった。しかし、双発爆撃機は大型艦載機であり、どうしても容積を圧迫した。

また、気化爆弾も航空魚雷ほどではないが形状が規格外であり、やはり空間効率が悪いという指摘があった。

それでも空母瑞鶴と翔鶴の蒸気カタパルトなしでは、双発爆撃機は飛行できないと考えられていた。だが、状況は変化していた。

一つは搭載するエンジンが護エンジンに替わり、馬力が大幅に向上したこと。エンジンはやや大きくなったが、そもそも双発爆撃機なので、その影響はほとんどない。

もう一つは、使い捨ての固体ロケットブースターを使用すれば、蒼龍や飛龍からも双発爆撃機を発艦できるということだった。

そもそも作戦では、行動をともにできない第二航空戦隊は作戦時には原子力艦隊の後方二〇〇キロに位置することとなっていた。だが、二〇〇キロ程度の違いは双発爆撃機の航続力から見れば余裕である。

だから、第五航空戦隊で第一次攻撃隊の出撃準備を進めているあいだに、第二航空戦隊から双発爆撃機が出撃し、真珠湾を奇襲することとなった。当然、この奇襲攻撃を終えた双発爆撃機は第二航空戦隊に戻る。

ここで、さらに次の作戦案が出された。

気化爆弾は最初の攻撃で使い切ってしまうが、双発爆撃機は残る。そして、第二航空戦隊は第五航空戦隊で補給を受けるために身軽だが、これは空母蒼龍や飛龍には爆弾や魚雷が手つかずで残るということだ。

そこで空母に帰還した双発爆撃機は、今度は雷装した上で、再び固体ロケットブースターで発艦させるという案が浮上した。

こうすれば、敵艦隊が外洋に出た場合に双発爆撃機が雷撃を行うことができる。仮に外に出てこないとしても、湾内で雷撃することはできた。つまり、敵艦隊がどう動こうと雷撃が可能となる。

この低空雷撃は艦攻でもやればできたが、かなり危険を伴ったし、夜襲となれば不可能に近い。

そもそも作戦では、第五航空戦隊に航空魚雷はない。第二航空戦隊には航空魚雷があっても後方にいるため、真珠湾での雷撃はできない。第二航空戦隊の距離から雷撃可能なのは、双発爆撃機だけだった。

さらに言えば、この電波高度計は艦攻には追加で搭載できず、双発爆撃機だからこそ可能だったのだ。

超低空で投下された航空魚雷は、ほぼ水平で海面と接触し、浅い深度でも海底に接触せずに直進することが計算で割り出されていた。そのため双発爆撃機の雷撃は真珠湾内でも可能と結論されたのだ。

6

双発爆撃機の雷撃訓練が成功していた頃、肝心の空母では第二航空戦隊と第五航空戦隊の飛行科による話し合いが行われていた。

「いまの話を総合すると、第二航空戦隊と第五航空戦隊の距離は二三八キロ離れている必要があるな」

発着担当の下士官が計算尺を操りながら、そうした結論を出す。

井上成美司令長官の作戦案をいざ具体化するとなると、第一次攻撃隊の発艦、第二次攻撃隊の発艦、そして第一次攻撃隊の収容・補給・発艦（第三次攻撃隊）、第二次攻撃隊の収容・補給・発艦

（第四次攻撃隊）という段取りになった。

最初の井上案の第一次攻撃隊を格納庫に収容し、収容した第二次攻撃隊を補給の後に第三次攻撃隊とするというのは、かえって無駄な時間がかかるという結論になったのだ。

ただ井上案を具体化すると、かなり緻密な運用が必要となる。そこが関係者の不安要因であった。

「第二次攻撃隊の発艦後、第二航空戦隊は全力で第五航空戦隊に接近し、収容時間に遅れた艦載機は第二航空戦隊の空母に一度収容し、そこから再度第五航空戦隊より補充を受けて第三次攻撃隊の殿《しんがり》部隊となれば、遅れの調整はできるはずだ」

それもまた作戦を複雑にする要素だったが、計画の齟齬《そご》を吸収するにはこうした対応は不可欠と思われた。

かくして真珠湾奇襲作戦は固まりつつあった。

第4章　真珠湾攻撃

1

昭和一六年一二月八日、北太平洋。

海軍の補助金で建造された貨物船天平丸は北太平洋を航行していた。積載量五〇〇〇トンのこの貨物船は、最大速力二〇ノットであったが、いまは一〇ノット程度の速度を維持している。

低速で活動しているのは、北太平洋航路の船舶の航行状況や哨戒機の活動状況の確認を、艦隊主力の航行支援の目的で行っていたからだ。この情報はそのまま本国に伝達されていた。

船長の大山《おおやま》は原子力主機の話を知らなければ、ましてや真珠湾を奇襲攻撃する部隊があることなども知らない。与えられた命令にしたがうだけだ。

なので、観測データも奇襲部隊には直接には送らず（そもそもその存在を知らない）、日本の司令部に報告するだけだ。

「船長、電探ですが反応なしです。現状、反応はありません」

無線室から通信長が電話で報告する。大山船長は電話よりも伝声管のほうが信頼できるという世代である。

「故障してるんじゃないのか」

それが大山の解釈だ。命令により電波探信儀などという胡乱《うろん》な機械を搭載したが、正直、そんなものがどこまで役に立つのかわからない。

「いえ。数時間前に遠くを航行する船は発見できたので、故障はないはずです」

大山船長とは対照的に塚本《つかもと》通信長は、電波探信儀に絶大な信頼を抱いているようだった。無線の専門家である塚本が言うのだから、そこは信じるよりない。

「ともかく周囲の警戒は怠るなよ」

そう言って大山船長は電話を切る。

大山が神経質なのは、自分らの役割を知らされていないものの、それがかなり危険なものであるという認識があったからだ。

なぜなら、自分たちの積み荷は艦艇に補給する重油タンクを満タンにしているだけでなく、航空機用燃料の入ったドラム缶の山と航空機用の爆弾だからだ。それらは天平丸が沈むのではないかと思うほど、隙間なく詰め込まれていた。

爆弾は木箱に収められているが、八〇〇キロ徹甲爆弾のように大型軍艦の攻撃を意図としているとしか思えないものがある。そんなものは空母の艦攻くらいしか使い道はないだろう。しかし、彼らは単独行動なのだ。

さらに気になるのは、「キ爆弾」とだけ記された大きな木箱だ。それが八〇〇キロ徹甲爆弾と同じ大きさの箱なのは艦載機の都合だろう。そんなのが五つほどある。

大山も輸送関係の仕事は長い。海軍に「キ爆弾」などという兵器はない。なにがしかの新兵器であることは明らかだ。

これらから導かれるのは、空母を含むなにがしかの部隊が真珠湾を奇襲しようとしているという結論しかない。

　自分たちが向かっているのはハワイではないのもの、その近くを通過する。アメリカから木材を買い付けるという名目はあるが、具体的な取引は現地についてからというかなりいい加減なもの（取引の決算手段もはっきりしていない）だ。

　そもそも船倉にはドラム缶や爆弾が溢れており、それらを降ろさない限り木材なんか積めるわけがない。

　だから彼らの真の任務は、奇襲部隊のための情報収集と偵察、そして作戦時の物資補給と考えるのが妥当だろう。

　海軍の補助金で建造されたからには、天平丸がこうした任務につくのは当然と言える。ただ、真珠湾奇襲のための部隊に物資補給を行うのが任務であれば、敵にとって天平丸は最優先攻撃目標となる。

　しかし、そうした自分たちを艦隊が守ってくれることは、まずないだろう。なにしろ自分たちは、その艦隊についてなんの情報も与えられていないのだ。

　そうして一二月七日が八日になる頃、電探に反応があった。方角はアメリカではなく、日本のほうからだった。とはいえ、それだけでは国籍はわからない。

「本国に緊急電だ」

　大山船長は通信長に命令する。

　電波探信儀に反応があれば、それを報告するのが彼らの任務だ。しかも電探の報告は、状況が重大であることを示していた。

「船長、問題の船舶は、大型船舶が二隻に隻数不明ながら小型船舶が複数。速力は二〇ノットは出ています。おそらくは友軍艦隊」

一般商船が二〇ノットを深夜に出すというのは、通常ではあり得ない。だから艦隊と判断するのは理解できる。しかし、それだけでは敵か味方かはわからない。

「なぜ、友軍とわかる！」

「こちらの電探と同じ電波を使っています。まず間違いなく友軍です」

「わかった、ご苦労」

それでも大山船長は、それ以上の追加情報は報告しなかった。

本当に友軍の艦隊なら、最初の通信で状況はわかるだろう。問題は敵艦隊の場合だが、相手も電探を搭載しているなら、少なくともここで、自分らがおかしな動きをすべきではない。

彼らは現在位置から、そのまま東進を続けた。そうして一二月八日の朝を迎え、大山船長は新たな命令を受け取った。

それは指定された領域に全速力で向かえというものだ。そして現地の命令にしたがえと。

ほどなくして電探に反応があった。大型軍艦二隻と駆逐艦らしい六隻が接近中。どうやらそれは友軍部隊らしい。

ほどなくして第二航空戦隊から物資補給の命令が下る。積載している爆弾や燃料を空母に積み込めというのだ。

天平丸は洋上補給のための貨物船なので、大型クレーンが二つ装備されている。これらを活用し、有蓋貨車のような箱がクレーンで吊り下げられ、蒼龍や飛龍の飛行甲板に載せられていく。

こうしたものは、のちの世ではコンテナと呼ばれるようになるわけだが、いまここでの作業は最短時間で空母に物資を補給するというもので、貨物コンテナほどシステムは洗練されていない。

積み荷は人海戦術で空母の内部に積み込まれる。空箱は回収され、すぐに天平丸の船倉にて新たな物資搬入が行われる。

この大型木箱は、最後には空母にそのまま放置される。天平丸での回収は考えない。あくまでも時間がもったいないからだ。

箱をどうするかは空母の判断だ。だから空母蒼龍でも空母飛龍でも、箱はそのまま残ったが、それらはすぐに解体されて格納庫に収容された。

「空母蒼龍や飛龍がこんなところにいるのに、艦載機がいないってどういうことでしょう？」

航海長はそう言ったが、むろん彼も何が起きているかは理解している。ただ、自分でそれを認めたくないだけだ。

「飛行機が見当たらず、物資の補給を急ぐ。そして、ここはハワイに近い。何があったかは明らかだ。戦争だ、航海長」

そうして戦隊司令部より追加の命令が下る。

六隻の駆逐艦に燃料を補給する。天平丸は最大で一度に四隻への補給が可能だったので、大山船長は最短時間で行えるよう采配をふるう。

ここはすでに戦場だ。補給が終わり次第、自分たちは別行動となる。つまり、誰も彼らを守ってはくれない。

「通信長、電探の警戒を怠るな。我々の生死はそれにかかっている」

2

天平丸が第二航空戦隊に補給を行う数時間前から、すでに作戦は始まっていた。

第二航空戦隊の飛行甲板では、双発爆撃機が蒼龍に四機、飛龍に四機が気化爆弾を搭載しながら出撃準備を終えていた。

真珠湾へどのように攻撃を仕掛けるのかについての作戦案は、二航戦と五航戦が航空攻撃を加えるという点に変更はなかったが、誰がどの順番で出撃するのかという部分には何度も細かい修正がなされていた。

そして、二航戦が本隊の後方から出撃するという当初の計画は修正され、二航戦は本隊と合流した後に出撃し、そこから後方に下がるという形になった。

これは当初計画した戦艦から燃料弾薬を補給するという案が現実的ではないという指摘からだ。空母も戦艦も物資補給用の機材は不十分で、一分一秒を争う現場では悠長に補給などしていられないという現実があった。

そこで二航戦から先制攻撃を行った後、それらは後方に下がり、補給船より燃料弾薬などを補給し、第一次攻撃隊を収容して第三次攻撃隊の準備にかかるということになったのだ。

これは別の視点で見ると、五航戦の空母の燃料弾薬は第四次攻撃隊にも、それ以外にも使えるということでもある。つまり、敵艦隊が湾外に出撃してきたら、空母部隊の任務は違ってくる。状況によっては、二航戦が第四次攻撃隊として真珠湾を攻撃し、五航戦は戦艦部隊を支援するような役割分担が必要になるかもしれない。

そうしたことからも、二航戦は天平丸から補給を受けることになったのだ。ただし、こうした段取りを天平丸は知らされていない。

露払いに出動するのは、総計八機の双発爆撃機だ。ともかく、これらが出撃してくれないと後続の攻撃隊が出動できない。

一番機は岩田機長と桜井副操縦士の双発爆撃機だった。

発着部員が加速用のロケットブースターの安全ピンを外したことを、旗を振って知らせる。

空母での発艦で一番難しいのは、ロケットへの点火のタイミングだ。エンジンを始動し、動作を確実にしてからでないと、不用意なロケットブースター点火は最悪、機体を海に叩き落としかねない。

エンジンの回転数を上げ、安全を確認すると車輪止めが外される。

ブレーキを解除すると、機体は徐々に前進し始める。機長はロケットブースターに点火する。

機体はさらに急加速で前進し、そして双発爆撃機は空中にあった。

すぐにブースターを投棄する。ブースターには小さな翼があり、それは下向きに角度をつけているので、分離とともにブースターは海面へと突撃していった。

このようにして僚機もまた発艦に成功した。総計八機の双発爆撃機隊は、そのままオアフ島を目指した。

彼らが飛び立つと同時に、空母蒼龍と飛龍の双方で第一次攻撃隊の出撃準備が始まっていた。

総隊長機は岩田機であった。彼の双発爆撃機にだけはクルシーと呼ばれるラジオ方向探知機が装備されていた。

副操縦士の桜井はホノルルの放送局、ＫＣＭＢ局に周波数を合わせた。

「よし、ここからは電波航法で行く」

岩田機長はクルシーが示す方位指針を見ながら宣言した。桜井はレシーバーを耳にあててラジオ局を聞いている。

「ホノルルの気象、おおむね晴れ、風力は北の風一〇ノット。いやぁ、好都合に天気予報です」

桜井は上機嫌で報告する。

艦隊には敵信班が乗っているから。彼らもこの放送を耳にしているだろう。現地の気象という重要情報を敵から入手できたことになる。

それからは特に大きな問題もなく双発爆撃機隊は前進し、そして彼らはオアフ島の近くで二手に分かれた。

3

じつはこの時、大きなドラマが密かに進んでいた。

オアフ島北端のカフク岬に米陸軍第五一五対空警戒信号隊の移動式レーダーが稼働していた。この時のオペレーターはジョージ・エリオット・ジュニア一等兵だった。彼はレーダー上に八機の航空機が接近し、二手に分かれていくのを発見した。

彼はスコープ上の映像を地図に投影する。それはオアフ島に北方から接近する航空機だった。

ただ、八機という数字は明らかに中途半端だし、レーダーの反射波はそこそこ大きな飛行機であることを示している。

彼は同僚にもその信号を確認させるが、信号が機械的なトラブルとか気象の問題ではないことがわかるだけだ。

彼らはフォード・シャフターの防空指揮所に電話を入れた。当直将校はしばらく電話に出なかった。そうして当直将校は言う。

「本日は本国からＢ17部隊が、給油のために着陸することが予定されている。だから心配するな」

エリオット一等兵はその説明に納得した。

こうして米軍は奇襲を頓挫させることができるチャンスを、みすみす潰す結果となった。

4

レーダーによるこうしたドラマのことを知らないまま、双発爆撃隊は二手に分かれて侵攻していた。もっとも北にあるハイレワ飛行場と南にあるヒッカム飛行場を同時に攻撃するためである。

それ以降は二隊が南下と北上を行って合流し、必要に応じて機銃掃射などを行う予定になっていた。

この時、米陸海軍航空隊にとっては不運としか言えない状況にあった。

レーダーは双発爆撃機隊の接近を捕捉しながら何もしなかった。それだけでなく、現地部隊はハワイの日系人の破壊工作を警戒し、警備しやすいように航空機を密集させていた。

そうしたなかに双発爆撃機が侵入する。岩田機はヒッカム飛行場の攻撃に向かっていた。

飛行機は固められていた。岩田機は低空から気化爆弾を投下すると、巻き込まれないように急上昇した。

それと同時に、爆弾はまず低温の小爆発を起こし、可燃物を周辺の空間に拡散すると時限信管が少し遅れて着火する。これにより密集した飛行機を包み込むように気体が急燃焼して、大規模な爆発現象が起きた。

気化爆弾の有効範囲はさすがに飛行場全体を覆うほど大きくはなく、それどころか、滑走路全体から見てもその一部でしかなかった。

しかし、破壊された飛行機が燃料を引火させながら、破片が広範囲に広がった。一部は機体のアルミ部材そのものが燃え始めた。

これにより周辺部に火災が広がった。これはほかの航空機に連鎖反応的に火災を広げ、飛行機を破壊する結果となった。

この時、気化爆弾は滑走路に対して予想外の影響を及ぼしていた。爆発による広範囲な衝撃波が、滑走路のコンクリートを破砕していたのである。

それは表面的なものではあった。だから、奇跡的に難を逃れた戦闘機が第二次攻撃を避けるために離陸しようとした。

しかし、戦闘機のタイヤは破砕された滑走路によりパンクし、離陸前に横転する結果となった。

双発爆撃機が行った飛行場への奇襲攻撃では、どこでも同じ光景が見られた。

ある飛行場では気化爆弾が格納庫内で爆発し、格納庫内そのものが爆散し、飛行機は失われ、飛び散った破片で滑走路も使用不能となった。

これらの飛行場破壊は、一日あれば飛行再開は可能であっただろう。しかし、その飛行不能の一日こそが致命的だったのだ。

先鋒となる双発爆撃機八機の奇襲攻撃は成功した。この奇襲攻撃でハワイ上空の制空権は、日本海軍がほぼ掌握することとなった。

5

双発爆撃隊が奇襲を成功させた頃、空母蒼龍と飛龍の攻撃隊が真珠湾を攻撃していた。

作戦の流れとして敵艦隊を湾外に誘導するため、第一次攻撃隊の標的も、このことを念頭に選ぶこととなった。

とはいえ、どこに何が停泊しているのかわからない。そのため串刺しに停泊している戦艦ではなく、単独停泊の戦艦が優先的に攻撃されることとなっていた。

この時、航空隊の攻撃条件を満たしていた戦艦は三隻あった。戦艦ネヴァダ、戦艦アリゾナ、戦艦カリフォルニアである。さらに、ドック内に戦艦ペンシルバニアが入渠《にゅうきょ》していた。

最初に攻撃を開始したのは急降下爆撃隊であった。蒼龍の艦爆隊が、戦艦ネヴァダに波状攻撃を仕掛けた。

この時の命中率は七割近いもので、七発の爆弾が戦艦ネヴァダに命中した。

さすがに二五〇キロ徹甲爆弾七発では戦艦を撃沈するには至らないが、上甲板から艦内に貫徹した爆弾の威力は決して無視できなかった。

日曜で外出している乗員も多かったため、艦爆の攻撃は予想以上に戦艦に損傷を与えていた。特に電気回路への影響は大きく、対空火器の性能を著しく阻害した。

旋回は手動となり、照準は機械を頼れず、照門と勘で行うよりなかったのだ。

一方、蒼龍の水平爆撃隊は堅実な標的を選んだ。

これは、艦爆隊が「航空機で戦艦は撃沈できる」という信念と「敵主力艦を湾外に誘導せよ」との矛盾を含む心情と命令の妥協点だった。

何を選んだかといえば、ドック内にいる戦艦ペンシルバニアである。どう見ても、ドック内の戦艦が外洋に脱出するはずもなく、しかし、放置すれば禍根を残す。

ドック入りした敵戦艦などは想定外の存在である。ゆえに、これを撃破したところで作戦への影響は無視できる。

そもそも敵を外洋に誘導せよという命令自体が曖昧である。攻撃隊としては「ドックにも逃げ道はないこと、外洋にしか脱出路がないことを示すために誘導した」との理屈は立つのだ。

ドック内の戦艦であり、移動しないし反撃もない。まず、風を読むために発煙筒を投下する。これで爆撃手は照準器をどこまで補正すべきかの調整をつける。

こうして十分な照準をつけ、艦攻隊は八〇〇キロ徹甲爆弾を投下した。風の流れも十分読み込んだ上での爆撃だ。爆弾はそのまま戦艦に向けて落下し、命中した。

この時、八〇〇キロ徹甲爆弾は六発中五発が命中するという驚異的な命中精度を叩き出していた。

上甲板を貫通した爆弾は五発とも艦内で爆発し、内部で激しい火災を引き落とした。なにしろ作業中の戦艦であり、燃料こそ抜いてあっても可燃物は少なくない。足場の木材や部材を保護するためのマットレスなどは、そのまま燃料となる。

米海軍の工廠には作業機械も多いので、それらの燃料となるガソリンも分散していた。その上、日曜日であり、火災を鎮火する人間もいない。

戦艦ペンシルバニアの炎上は、もはや自然鎮火を待つしかない状況だった。

それでも、これが単独火災なら早期対応も可能であっただろう。しかし、攻撃を受けている軍艦はほかにもあった。

さらに米海軍にとっての不幸は、六発の徹甲爆弾のうち外れた一発が、ドックそのものを破壊したことだった。

その爆弾はドックの壁面に衝突し、そこを破壊した。

最初、その損害状況は外部からわからなかった。

しかし、ドックの水門の圧力が損害箇所へ過度の負担をかけることとなった。そこから浸水が始まると、やがてそれはドック内への奔流となっていった。

ドック内に大量の海水が流れることで、戦艦の火災が鎮火することはなかった。

しかも海水の奔流は均等になされたものではない。ドック内の海水の流れは水深の不均衡につながり、それはそのまま浮力の不均衡でもあった。

結果としてドックが海水で埋められた時、不均衡な海水の注入から火災を起こしていた戦艦ペンシルバニアは前後左右、いずれの方向でも傾斜していた。この傾斜が内部火災の被害を大きくする以外にスクリューの損傷も招いた。さらに船体がドック内を移動し、壁面を損傷させる結果となった。

のちに真珠湾の被害状況を調査する時、もっとも深刻だったのは、この戦艦ペンシルバニアとドックだった。

戦艦ペンシルバニアは工事に伴い内部の火薬類を移動していたため、誘爆するという最悪の事態は免れたと当初は考えられていた。

しかし、内部調査によりそれはあまりにも楽観的すぎることが明らかになった。

そもそも内部調査を行うまでが大変だった。ドックの海水を抜かねば調査はできず、水門の完全修理には時間を要するため、土嚢で隙間をふさいで排水するという力技で進めるよりなかった。

浸水により艦内が泥で覆われているのは覚悟していた。ところが、調査隊が艦底部に進むにしたがい、事態の深刻さが明らかになる。

艦の傾斜によりスクリューシャフトが歪んだが、その影響は減速ギアやボイラーにも影響し、機械の破壊と同時に機関部は半分泥に埋もれていたのだ。

また、傾斜と火災とドックへの衝突で、目立たないが船体のあちこちに歪みが生じていた。艦全体で見れば、艦首は左方向に、艦尾は右方向にねじれている状況だった。

結論として、戦艦ペンシルバニアの再生は不可能となった。となると、ドックを修理するには戦艦ペンシルバニアをドックから運び出し、工事を行う必要があった。

軍艦としてのサルベージは不可能となったペンシルバニアだが、解体するとなると、船体がちぎれたわけでもなく、戦艦の頑強さは維持されているという非常に厄介な状況となっていた。戦艦は少しずつ解体していかねばならないと結論された。

結局のところ、真珠湾のこのドックが完全に修理を終えるまでには五年の歳月が必要で、このドックに限って言えば徹頭徹尾、戦争の戦力外を続けることとなる。

これ以外に艦攻隊の攻撃が効果をあげた戦艦としてはアリゾナがあった。単独で停泊していたこの戦艦は、艦攻にすれば標的にしやすい船だった。

艦攻隊に幸いしたのは、周辺の飛行場を攻撃したことで、煙の流れから偏流を正確に予測するのが可能だったことだ。複数の飛行場が炎上しているため、真珠湾全体の風の動きはかなり正確に予測できた。

そのため六機の艦攻による八〇〇キロ徹甲爆弾攻撃は、六〇パーセント以上の命中率で戦艦アリゾナに命中した（正確には、命中したのが四発なのか五発なのかは未確認）。

これもまた艦内での爆発が続き、艦内火災による船体の劣化と水圧により戦艦アリゾナは急激に浸水し、着底するに至る。

それでも戦艦アリゾナには予備浮力が残っていた。艦首の一部は水面上に浮いており、一時はサルベージが可能かと思われた。しかし予備浮力が失われると、マストの一部を水面に出すだけで完全に水没してしまった。

八〇〇キロ徹甲爆弾の威力は予想以上に大きく、この攻撃を受けた戦艦は湾外に誘導されるどころか、湾内で撃沈されてしまった。

米太平洋艦隊にとって幸いだったのは、第一次攻撃隊の保有する八〇〇キロ徹甲爆弾の数に限度があったことだ。

そもそも、どの空母が第一次攻撃隊になるかについてさえ二転三転していたなかで、生産数の少ない八〇〇キロ徹甲爆弾は二航戦により多く配備されていたが、それを行使できる艦攻隊は限られていた。

そうしたことを考えれば、戦艦ネヴァダは不運としか言いようがなかった。

戦艦ネヴァダは七発の爆弾が命中した後、異変を察知し、いち早く脱出しようとしていた。機関部に点火され、蒸気圧が上がるのを待っていたところに艦攻隊が爆撃を行った。

命中率は五〇パーセント。二発は通常の対艦爆弾であり、それなりの被害を与えたが致命傷には至らなかった。ところが、艦攻隊唯一の八〇〇キロ徹甲爆弾が煙突から機関部に飛び込み、戦艦ネヴァダの機関部を破壊してしまった。

この爆発により燃料系統も一気に破壊された。機関部は深刻な火災に見舞われたが、爆弾の爆発により機関部に生存者はいなかった。

火災はそのまま艦底から上に向かって拡大していった。この火災を消火する人間もいなければ、そもそも機関部の破壊により電力も何も使えない。人海戦術での消火など、ほとんど役に立たない。

そうして延焼する火災は、ついに弾薬庫に引火する。乗員がほとんどいないような状況での弾薬庫への延焼は大爆発を起こし、戦艦を轟沈させた。

第一次攻撃隊による戦艦の撃沈は、結果としてこの戦艦ネヴァダまでの三隻にとどまったが、そもそも三隻も航空攻撃で撃沈できると考えていた人間は、航空隊の一部を除けばほぼいなかった。その意味では、作戦は大きく狂ったと解釈できなくもない。

しかし、攻撃する日本軍と同様に攻撃された米海軍もまた、航空機で戦艦が撃沈されるなどとは思ってもいなかった。航行中ではなく停泊中の戦艦とはいえ、航空機で破壊されるとは誰も考えてはいなかったのだ。

もちろん米海軍でも、実験などで主力艦を航空機で沈めたことはあったが、それとてすべてがお膳立てされた例外的なものと解釈されていた。

だが、この日本軍の航空攻撃ですべてが変わった。真珠湾内の艦艇は三隻の戦艦が攻撃されているあいだに次々と機関部に火を入れて、湾外への脱出を試みていた。

その間にも少なからず爆撃が続けられ、艦が損傷を受けているのだから脱出は一刻を争った。

艦隊は編制など無関係に、出動できるものから出動していった。この点では、駆逐艦などの小艦艇が即応性では有利だった。

このことは駆逐艦ばかりが外洋に脱出し、巡洋艦以上の大型艦の脱出が遅れていることを意味した。

さらに、どの艦艇も全員がそろってからの出動とはならず、少なからず乗員が陸地に取り残される結果となった。緊急事態であり、艦の保全が優先されたのである。

この時点で組織としての米太平洋艦隊には、奇襲攻撃を仕掛けてきた日本海軍艦隊を迎撃しようという意図はなかった。攻撃するにも敵がどこにいるのかわからず、組織的な反撃ができる状況ではなかったからだ。

それでも一部の軍艦は、日本艦隊を探すために索敵機を発艦させた。すでに陸上基地が壊滅している状況で艦載機を飛ばすというのは合理的な判断と言えた。

しかし制空権は日本軍にあり、そうした艦載機は次々と撃墜されて終わる。戦闘機を飛ばすわけでもなく、単発の水上機では戦闘機に勝てるはずもない。

頼りになるのはレーダーだが、これもオアフ島が邪魔をして特定方向に関しては探知範囲が極端に低下した。もっとも、仮にレーダーが機能したとしても、周辺に日本海軍艦艇はいなかったのであるが。

このような状況で、真珠湾の有力艦艇は次々と湾外に脱出したため、第一次攻撃隊の役割は果たせたことになる。このことはすぐに第二次攻撃隊に伝達された。

6

この時、奇襲艦隊の戦艦部隊は第一艦隊司令長官として高須《たかす》中将が指揮を執り、山本五十六連合艦隊司令長官は日本にいた。日本軍全体で見れば、陸海軍の南方進攻作戦こそが主攻であり、真珠湾奇襲は助攻であるためだ。

空母部隊は南《な》雲《ぐも》忠一《ちゅういち》司令長官が指揮を執るが、彼は高須の隷下にあった。

空母の攻撃では第二次攻撃隊あたりで敵艦隊を追い出すはずが、第一次攻撃隊で敵艦隊が誘導され、あまつさえ撃沈艦が出たという報告に艦隊司令部も衝撃を受けていた。

喜ぶべき戦果をあげているのだが、納得できないのである。

一方で、第五航空戦隊の瑞鶴と翔鶴からはすでに出撃が始まっていた。

この第二次攻撃隊には、第一次攻撃隊が戦艦三隻を撃破したことは伝えられていなかった。それは二航戦に伝達され、二航戦から艦隊司令部に報告される形をとっていたからだ。

これは当然のことで、第一次攻撃隊から直接第二次攻撃隊に情報を伝達するのは現場が混乱するだけと考えられた。

五航戦の本部からも通信が入るわけで、無用な混乱を回避するためだ。そうでなくても、空母航空隊には数多くの無線機が搭載されているのである。

　ここで五航戦に与えられた命令は、二航戦の戦果から艦隊司令部が判断したもので、外洋に出た駆逐艦などを攻撃せよというものだった。外洋に進出する主力艦は原子力戦艦が仕留めるから、その障害になるであろう補助艦艇などを排除することだった。

　これには八〇〇キロ徹甲爆弾を第一次攻撃隊を中心に配備したことも影響していた。作戦全般を通して、航空機による戦艦の撃沈など無理だろうと考えられていたからだ。

　それでも第一次攻撃隊にこれらの爆弾が優先されたのは、移動して活動中の戦艦に対する攻撃ではなく、停泊中の戦艦に対する攻撃であったためだ。停泊中なら対空火器の反撃もなく、敵戦艦を大破できるかもしれないという考えによるものだ。それを真珠湾外に誘導できたら、航空機による現実的な標的は小艦隊になる。命令の理屈はそうしたものだ。

　五航戦にとって命令を遵守するのは比較的容易な状況だった。なぜなら、真珠湾の海軍基地に通じる水道でトラブルが起きていたからだ。

　日米間の関係悪化とともに、外洋に出る水道には防潜網が展開されるようになっていたが、日本軍の攻撃に際して（どこからの命令なのか、それとも現場の勝手な判断かは不明）開かれていた防潜網が閉じられてしまったのだ。

　このあたりの混乱の原因は不明ながら、「日本軍の潜水艦が湾内に侵入した」とのデマがあったためだった。

このデマの原因は、艦爆の投下した爆弾が水面を跳躍して、さる巡洋艦の水面下に命中し、大破させたことからららしい。魚雷攻撃と思われたのだ。

防潜網の展開にもいろいろと不備があったので、そのまま脱出できた戦艦や補助艦もあったが、防潜網に足止めを食らった一群の小艦艇もいた。防潜網の混乱は収束したものの、湾の外では補助艦が団子状態になっていた。

五航戦が襲撃してきたのは、このタイミングであった。狭い海域に艦艇が密集していたのだから、対空火器の密度も濃厚で、確かに五航戦には相応の被害は出た。

しかし、この対空戦闘も部隊として組織化されたものではなく、火力密度にはむらがあった。なおかつ各艦は脱出を優先しているため、対空戦闘はあくまでも自分らを守るためのものであり、部隊を守るものではなかった。

だから、対空火器は激しく応酬しているようで、隙となる部分も多かった。

そうしたところに攻撃機は爆弾を投下した。艦艇の数も多く、この爆撃で撃沈した艦艇はなかった。一方で無傷の艦艇もまたなかった。

多くの駆逐艦や巡洋艦が爆弾を浴びて炎上している。そのなかで組織的な戦闘継続は難しかった。撃沈された艦艇こそなかったが、その後に大破したために修理不能と判断された艦艇は数隻存在したのである。

第二次攻撃隊は真珠湾の基地施設や若干の艦艇に爆撃を加えて帰還した。

大破し、炎上する駆逐艦や巡洋艦の横をやっと機関部の蒸気圧が上がって脱出できた戦艦群が航行する。それは否応なく、現場の戦艦や重巡の乗員たちの士気を低下させた。

7

天平丸と邂逅して物資補給を行っていた第二航空戦隊は、すでに第五航空戦隊と戦艦部隊からは離れた位置にいた。第三次攻撃隊を出すのかどうかは不確定ながら、出せる準備は整えていたのである。

そうしたなかで、いち早く空母蒼龍と飛龍に戻っていたのは双発爆撃機の八機だった。

最初に着艦したのは岩田機だ。

「雷撃に向かう。航空魚雷だ！」

彼は兵器部員らに叫ぶ。

別に叫ばなくても航空魚雷を搭載するのは規定のことだったが、岩田としては一刻一秒を争う気分だったのである。

この時点では、第一次攻撃隊の戦果も第二次攻撃隊の戦果も岩田は知らない。それでも敵航空基地を全滅できたとの認識はあった。

そうであれば、肉薄雷撃を行うチャンスはいましかない。湾外か湾内かはともかく、雷撃を仕掛けるのだ。

気化爆弾は奇襲にこそ使える秘密兵器なのと、対艦兵器としては想定されていないので、第二次以降の攻撃での使用は想定されていない。それだけに双発爆撃機が再度出撃するには雷撃しかなかった。

瑞鶴や翔鶴なら蒸気カタパルトが使えたが、蒼龍や飛龍では、やはりロケットブースターを利用した発艦となる。

すべての手順が慣れたものだった。

補給は蒼龍が先行していたために八機のうち四機が出撃し、補給作業が終わっていない飛龍の双発爆撃機は着艦していたが、出撃作業は止まっていた。これら四機は後続部隊ということになる。

発艦後、四機は中高度の高度を飛んでいたが、その時点で散開していた。超低空を飛行する雷撃なので密集するほうが危険との判断だ。

その間も電波高度計を作動させ、機器が正常に作動していることを確認する。そうして真珠湾の手前で四機は低空飛行に入った。

この時、脱出した米軍艦の中にはレーダー装備のものもあったが、彼らは自分たちの装備に疑念を抱いていた。それは、オアフ島にもレーダーがあるのに奇襲を許したという事実にあった。

これには、レーダーがまだ確立された技術ではないという認識も手伝っていた。関係者の中でも空母搭載のレーダーが無線機に干渉して使えなくなるなどの話も聞こえていた。

彼らもレーダーで四機の双発爆撃機の接近を察知していたが、第一次攻撃隊の後であり、この四機という数はあまりにも落差がありすぎた。

第二次攻撃なら四機ではなく、少なくとも四〇機は来なければならないのではないか?

しかも集団ではなく、散開していることも謎だった。そして、双発爆撃機が低空に移るとレーダーからは消えた。それらのことから、彼らはレーダーの不調を疑った。

　このためレーダーでそれらを察知した軍艦は、周辺に四機の存在について警報も何も出さなかった。もっとも、脱出の混乱により出したところでどこまで意味があったかはわからない。

　岩田機は電波高度計を頼りに信じられないほどの低空を飛行していた。

　じっさい、これはかなり困難な飛行である。その証拠に四機の双発爆撃機のうち一機が海面に接触し、墜落するという惨劇となった。ただ、このことを僚機はわかっていない。

「あれを狙うぞ！」

　岩田機長が指差したのは、単独行動する米戦艦だった。

「メリーランド級でしょうか」

「そうだ。四〇センチ砲搭載戦艦だ！」

　それは戦艦メリーランドだった。

　戦艦メリーランドは速力一〇ノットで航行していた。水道の周辺ではそれ以上の速力は出せない。周辺には駆逐艦や巡洋艦も移動しているのだ。そうしたなかに戦艦の姿はあった。

　戦艦メリーランドは接近してくる双発機の姿を発見することができなかった。

　海面より数メートルを飛行する飛行機の姿を彼らは目にしていたが、飛行機とは思わなかった。それも道理で、通常、双発機がそのような超低空を飛行することなどあり得ない。それはあまりにも危険すぎる。

　その危険な真似を岩田機は行っていた。

　低空のために水飛沫をあげながら接近するそれ

を、戦艦の乗員たちはモーターボートの類と考えた。それが飛行機だとわかった時、すでに距離は一〇〇〇メートルを切っていた。

岩田機から航空魚雷が切り離される。それと同時に双発機は軽量になり、上空へ弾き飛ばされるように上昇した。

その間も航空魚雷はそれほど沈むことなく、すぐに適正な深度で戦艦へと向かう。

ここで戦艦メリーランドは航空魚雷に気がついたが、変針するには遅すぎ、対空戦闘をするにもチャンスを失っていた。

飛行機はすでに戦艦の上空を通過していた。そして、航空魚雷は命中した。

結果的に双発爆撃機四機の戦果は、一機が事故で失われ、一機が戦艦メリーランドに雷撃を成功させ、もう一機が重巡洋艦サンフランシスコを大破させ、残り一機は雷撃に失敗した。

8

戦艦メリーランドは激しい衝撃に襲われた。艦長のアーネスト・マッケイ大佐は、すぐに損害状況を調べさせた。

「右舷中央に浸水が認められますが隔壁を閉鎖し、注水作業により艦の水平も取り戻しました。速力はやや低下することになりますが、航行可能です」

すぐにダメージコントロール担当から報告がなされた。マッケイ大佐にとって、その報告はせいぜい不幸中の幸い程度のものだった。

戦艦メリーランドは沈没は免れたものの、雷撃による損傷修理で数ヶ月は戦列外に置かれることになる。

米太平洋艦隊にとって一六インチ砲搭載戦艦の重要性は、いまさら言うまでもない。特に日本軍の奇襲を受けたいまはなおさらだ。

となれば、まさにこの数ヶ月という時間こそが貴重である。しかしと、マッケイ大佐は考える。

日本軍の航空機技術など高が知れている。奇襲こそ受けたものの、彼らの航空機の性能は低い。したがって、空母はこの真珠湾の近海にとどまっているはずだ。そうであるなら、自分たちはまず空母こそ仕留めるべきではないのか？

「レーダー室、敵航空隊が現れた方位を割り出せ。敵空母はそこにいる」

マッケイ大佐はこのことに疑問を抱かない。

話は単純だ。米太平洋艦隊でも日本本土を攻撃するオレンジ計画は長年にわたり検討されてきた。

そこで問題となるのが長すぎる補給線だった。米太平洋艦隊を率いて日本本土を攻撃するのは容易ではない。それが彼らの結論だ。

真珠湾を活用できるようになって、いくぶん条件も緩和されたが、それでも問題の本質は変わらなかった。

こうした事実関係からすれば、日本海軍が自分たちでも困難な大規模艦隊を真珠湾まで航行させられるはずがない。可能であるのは空母による奇襲だろうが、同時に彼らの補給能力から考えて、空母の護衛戦力は最少のはずだ。

この補給能力については根拠があった。日本は世界第三位の輸送船舶を持っていたが、それでも一位と二位の英米よりもかなり見劣りがした。さらに問題なのは、日本が貿易に用いる輸送船の三割以上が外国船籍であることだ。

これは純粋に市場経済によりコスト的に有利な船会社に発注するということなのだが、言い換えると、日本は必要とする貿易量を自国の船舶では賄えないという動かしがたい事実を意味した。

しかもヨーロッパの戦争によりアジア航路が次々と縮小されると、日本は貿易量を維持するために自国船舶への依存度を高めることになる。平時ならそれはそれでよいことかもしれないが、いまその平時は終わった。

すでに自国の輸送船では輸送量が限界に近い日本に、真珠湾奇襲のために大規模な船団を編成する余裕はない。選択肢としては、大型軍艦による真珠湾往復だけだろう。駆逐艦さえいない可能性もあるのだ。

ならばこそ手負いの戦艦であっても、日本海軍の空母を撃破しなければならないのだ。メリーランドがドックに入る前に戦果を出さねばならないのである。

そうしているうちにレーダーから報告がなされる。大規模な攻撃隊が真珠湾を目指しているという。

「敵機が現れた方位を割り出せ。敵空母はそこにいる！」

9

戦艦メリーランドが察知したのは、第五航空戦隊の攻撃隊であった。

この時の米戦艦部隊の動きと五航戦の攻撃隊の針路は、微妙な位置関係にあった。これは五航戦の攻撃隊は双発爆撃機による気化爆弾での奇襲後、敵航空基地の残敵掃討の任務も課せられていたことが大きい。

あるいは、そのまま西から真珠湾に侵攻すれば、戦艦メリーランドなどの戦艦部隊と遭遇し得た可能性はあった。

しかし、航空基地の戦果確認と必要なら残敵掃討を行うという任務のため、彼らは北からオアフ島に侵入した。

戦艦部隊はこの段階で、オアフ島の南方に位置していた。したがって、仮に五航戦が彼らを発見したとしても、すでに爆弾は使い果たしていることになる。

じっさいはマッケイ大佐の呼びかけで、脱出に成功した戦艦ウェストヴァージニア、カリフォルニア、テネシーと戦艦メリーランドは合流し、日本軍の空母を求めて直進した。

ただ、部隊の速力はメリーランドへの雷撃もあり、一四ノット程度しか出なかった。それでもこのチャンスは逃せないと、彼らの意見は一致していた。

一方で第五航空戦隊はこれら四隻の戦艦部隊を発見することはなかった。理由は、真珠湾内に二隻の戦艦がまだ残っていたからだ。

より正確に言えば、残っていた戦艦はオクラホマだけで、もう一隻は標的艦とされているユタだった。

五航戦の攻撃は、まず標的艦ユタに集中した。

すでに双発爆撃機や二航戦の攻撃で、真珠湾内に空母がいないことは明らかだった。しかし、真珠湾攻撃計画の序列が直前まで二転三転したこともあって、二航戦と五航戦の情報共有は円滑にはできていなかった。

彼らが知っていたのは、真珠湾で空母が係留される位置で、たまたま標的艦ユタがこの場所に係留されていたのである。

航空機による敵艦艇の種別確認の困難さといえばそれまでだが、彼らは「空母の停泊地にいる戦艦には見えない大きな軍艦」を、空母と判断して攻撃したのである。

攻撃した将兵の中には「これは空母とは違うのではないか」と判断した者もいたらしい。しかし、巨艦なのは間違いない。これを撃沈すれば米海軍にとってダメージになるとの判断から、やはり攻撃を行ったのだ。

この時に使用されたのは通常の対艦爆弾であったが、標的艦に対して大きな効果をあげていた。

多数の爆弾が命中し、標的艦ユタは転覆した。

次に攻撃が集中したのが、残された戦艦オクラホマだった。

戦艦オクラホマが脱出に遅れをとった理由には諸説ある。乗員が全員戻るのを待っていたというものや、脱出するほかの艦艇が移動を妨げたために遅れたというのが主なものだ。

また、真珠湾攻撃後にホワイトハウスから盛んに宣伝されたのは「オクラホマは真珠湾にとどまり、僚艦の脱出と基地の保全のために最後まで戦った」というものだった。

じっさいのところは判然としない。生存者の証言が食い違うことと、それ以上に全体像を把握している人間がいなかったからだ。

ともかく、戦艦オクラホマが湾内を移動していたのは間違いなかった。つまり、機関部は稼働していたことを意味する。

しかし、すでに湾内にほかに戦艦の姿はなく、第二次攻撃隊は執拗なまでに唯一残った戦艦に攻撃を集中した。

結論から言えば、対艦爆弾は九発が命中し、艦内は深刻な火災に見舞われたという。さらに、数少ない雷撃隊が航空魚雷を放っていた。

この時の雷撃には六機の艦攻が関わったが、そのうちの五機は深度が浅すぎるために投下した魚雷のどれもが海底に刺さり、雷撃は失敗した。

しかし一機だけ、魚雷の投下姿勢が水平を維持したままで、海底に刺さることなく直進した。この航空魚雷は、そのまま戦艦オクラホマに命中した。

命中魚雷は舷側を破壊し、そこから浸水が始まった。通常なら、この程度の雷撃は戦艦にとって小さな損傷ではないが、それでも致命傷には至らないはずだった。

だが、すでに九発の爆弾を受けていた戦艦オクラホマには、この雷撃は致命傷になった。爆弾による損傷で隔壁閉鎖も水平維持も不能となっていたため、戦艦オクラホマの浸水は続き、船体は急激に傾いていった。

さすがにそこには戦艦オクラホマを完全に水没させるほどの水深はなかったが、横転した戦艦は片舷だけを海面に出した状態で着底してしまった。

標的艦も含め、真珠湾内で破壊された戦艦は総計五隻を数えたことになる。これは連合艦隊司令部内でもまったく想定していなかった結果だった。四隻の戦艦は想定通りに外洋に誘導できたものの、それ以上の戦艦が航空隊により撃破できたのであるから。ドックに入っていた戦艦ペンシルバニアと標的艦ユタを数に入れないとしても、三隻の戦艦を航空隊で撃破できるとは予想外の戦果であった。

のちに「これだけの戦果をあげられるとわかっていたら、一航戦も含めた空母六隻で真珠湾を攻撃したのに」という意見も出されるが、そうした意見の多くはあと知恵にすぎない。

第五航空戦隊による第二次攻撃隊は、戦艦オクラホマを撃沈した後は重巡などに攻撃目標を絞った。

ここで不可解な現象が起きた。日本軍の攻撃を逃れようとした軽巡洋艦ヘレナが轟沈したのだ。不可解なのは、周辺にヘレナを攻撃しようとしていた日本軍機がいなかったことだ。のちの調査でわかったのは、ヘレナは艦底の真下で起きた水中爆発により竜骨を粉砕され、轟沈したということだった。

その水中爆発は、海底に刺さっていた航空魚雷が軽巡洋艦が直上を通過した時の水流で浮上し、艦底に命中したというものだった。

轟沈のプロセスはともかく、これが真珠湾内で航空隊により撃沈された最後の米海軍艦艇となった。

第５章　戦艦対戦艦

1

戦艦ウェストヴァージニア、カリフォルニア、テネシー、そして合流を呼びかけた戦艦メリーランドの四隻は、敵を求めて単縦陣で進んでいた。

レーダーで日本軍航空機の動きを観測し、それらが出撃している空母に対して側面から奇襲をかけるという大まかな作戦案はすでに共有されている。ただ、その針路は日本軍空母の存在する海域とはかなりずれていた。

一つには、日本軍航空隊は北から攻めてきたのに対して、戦艦部隊は真珠湾の南方に位置していたため、レーダーで察知できる範囲が狭かったこと。

それでも日本軍機が西からやってきて方向を変えて北から攻めてきたことは把握できた。つまり、日本軍空母は西にいる。それは日本列島の位置関係を考えれば納得できる話だ。

方位が正しいのに空母の位置を大きく読み誤ったのは、日本軍機に対する偏見による。

日本軍機の航続距離は米軍機以下と考えていたため、彼らは現実よりもずっとオアフ島寄りの海域に存在すると判断し、攻撃終了後に撤退するとの想定で、その場合の予定針路に先まわりしようとした。

大きな流れとしては間違っていないわけだが、最初の空母の位置を大きく見誤っていたために、向かっていた先もまた現実に五航戦や二航戦がいる位置からはかけ離れた場所だった。

　そんな彼らのレーダーに、速度二〇ノットで進む大型船舶の姿が捉えられたのは、偶然とはいえ運命の出来事となった。

2

　貨物船天平丸は二航戦への補給を終えた後に前進し、爾後《じご》の状況に備えよという命令を受けていた。要するに、五航戦から必要とされるなら物資を補給しろという意味で、補給物資の多くはドラム缶に入った航空機用燃料だ。

　大山船長はホノルルのラジオを受信させ、日本軍の空母部隊が真珠湾を奇襲したことを知った。そしてそれを知った時、彼は自分たちがきわめてまずい状況にあることを悟った。

　彼らは軍属でもなんでもない。軍との契約にしたがい、空母に物品を引き渡しただけの民間商船である。

　しかし、その空母が真珠湾を攻撃したとなれば、明らかに作戦に加担した船舶となる。知りませんでしたなどという言い訳が通用するわけもなく、攻撃対象となることは明らかだ。

　それでも日章旗を掲げたのは、ここで国籍まで不明にしてしまっては、スパイとして問答無用で撃沈されても文句は言えないからだ。敵国でも国籍が明快なら、捕虜くらいにはしてもらえるだろう。

現状、なによりも問題なのは、日本海軍の部隊の場所がわからないことだ。少なくとも二航戦とは別の空母部隊がいるはずだが、現在位置はわからない。

それだけでなく、さらに状況は深刻になる。

「船長、電探が飛行機を一機捉えました。位置関係から友軍機と思われます」

電探室からの報告は嘘ではなかった。

艦載の水上偵察機が通信筒を落下すると身振りで示すので、カッターを下ろして待機していた。海面に落下した通信筒は、すぐに回収された。

この時点で大山船長には、艦隊司令部の意図は予想がついていた。艦隊側は敵前で電波を出すつもりがないのだ。所在を隠すためだろう。それは命令文でも確認できた。

「電探を使用し、敵の動きを報告せよ」

爾後の状況に合わせて補給準備かと思っていたが、それは間違いではないにせよ、命令の中心ではなかったらしい。中途半端な場所に待機させると思ったが、要するに敵の状況を電探で探らせるための布陣だ。

「船長、どうしますか」

航海士が命令文に対して不安気に尋ねる。

それは当然だろう。米太平洋艦隊の拠点に日本海軍の空母が奇襲をかけたらしいのだ。当然、彼らは反撃に出るわけだが、どう考えても真っ先に槍玉にあがるのは自分たちだ。

それは偵察に伴う危険ということかもしれないが、そもそも自分たちが真珠湾の偵察を行うなどというのは、寝耳に水の話だ。そんな任務を請け負うほどの契約金など海軍から受け取ってはいない。

秘密保持のためか何か知らないが、傭船契約は定価通りだ。

それ以上に大山船長が警戒するのは、艦隊司令部は反撃を試みる敵軍に対して、自分らを撒き餌として真珠湾の鼻先に置いて、敵が自分たちに攻撃を集中している時に、奇襲をかけるのかもしれない。そんなことを考えてしまう。

そこまで考えるのは考えすぎかもしれないが、攻撃計画のことも知らされず、警護の駆逐艦さえなく、単独でこんなところに置かれているのだ。

それくらいの疑いを持っても仕方あるまい。なにより情報が乏しいのだ。

「船長、艦隊らしきものが本船に接近してきます。隻数は四！」

電探室から報告が入る。それは恐れていた事態だが、判断が難しい状況でもあった。

真珠湾と艦隊に挟まれている位置関係だ。艦隊を避けるために反転すれば、真珠湾に向かってしまう。

となれば、北東か南西に逃げるしかないが、それが安全かどうかはなんとも言えない。軍艦のほうが速いから距離は意外に接近している。逃げ切るだけの距離はない。

「電探室、どういうことだ！」

「敵の電探の性能が高いだけです」

情けない会話だが、ともかく大山船長は起きていることを艦隊司令部に打電する。

それでも大山船長は、電探が察知した軍艦らしきものが友軍である可能性に期待をつないでいた。

友軍の動きによってはあり得ることだ。

それに、真珠湾で敵軍が四隻の軍艦というのも不自然だ。真珠湾から出撃するからには、駆逐艦や巡洋艦をしたがえた大艦隊であるはずだ。

それは、大山船長が真珠湾周辺の情報をまったく把握していないゆえの判断だった。唯一の情報がホノルルからのラジオでは、それも仕方がなかった。ラジオの情報そのものが混乱していたからだ。

大山は天平丸を艦隊のほうに向けた。それは半分諦めでもあった。

相手が友軍ではなく敵軍として、真珠湾に向かえば挟み撃ちになるだけ。艦隊に向かえば確率二分の一で友軍であるし、敵軍としても、ここまで接近していれば、どうせ逃げきれない。船と船の距離はあっても、戦艦の射程圏内にはすでに入っている。

しかし、敵艦隊としても警告の一つはあるはずだ。自分たちは民間商船なのだ。そういうある種の願望は、現実の前に粉砕される。

目の前の艦隊は、やはり米艦隊だった。そして、四隻の戦艦は一斉に天平丸に砲撃を仕掛けてきた。

冷静に考えれば、商船一隻なら先頭の戦艦一隻が砲撃すればいいことだ。しかし、そうではなく、四隻すべてが砲撃を仕掛けるというのは、相手が冷静ではないことを意味した。

ともかく、日章旗を掲げた大型船が目の前にいるのだ。国際法ではこうした場合の船舶の臨検などについての取り決めはあるが、現下の状況で、彼らがそんなものを尊重するわけはなかった。天平丸は復讐の対象だったのだ。

四隻は示し合わせて砲撃を仕掛けてきたわけではなく、いわば感情的に砲撃をかけていた。だから天平丸の周辺には多数の水柱が立っていたが、照準をつけられる状況ではなかった。

それゆえに天平丸は意外に長く浮かんでいた。ただそれは結果論であって、大山船長にとっては生きた心地はしない。ともかく林立する水柱の中にいて、前方の視界が遮られるなど、彼とて生まれてはじめて経験したことだった。

それでも命中しないから逃げられるという状況ではない。海面は激しく揺れ、操船不能となっていた。

とにかく南に逃れようと船長は操船を試みるが、ここでついに命中弾が出た。そしてこの一発は船にとって、ほぼ致命傷だった。

まず大量の航空機燃料に引火し、船内は一瞬で火災に見舞われる。さらに、砲弾による浸水も起きていた。

大山船長は、すぐ総員に退船を命じる。助かるはずがないのと、下手に拿捕《だほ》されれば、秘密兵器を敵に渡すことになるとの判断だ。

しかし、そうやって脱出しようとして成功した船員はいなかった。

天平丸に二発目の砲弾が命中した時、それは気化爆弾を誘爆させてしまった。貨物船は一瞬、風船のように膨れて船全体が木っ端微塵となった。

それでも海面に脱出した船員やボートはあるにはあった。しかし、戦艦の主砲弾が次々と炸裂するなか、海に飛び込んだ船員たちは衝撃波で即死した。

ボートに乗った船員はそうはならなかったが、水柱が崩壊する激しいうねりの中でボートが浮かんでいられるはずもない。転覆して海中に投げ出されれば生きていることなどできなかった。

さすがに天平丸が木っ端微塵になったことで、砲撃は終わった。

この一連の戦闘は、米海軍でも問題にされることはなかったが、連合艦隊内部でも、さほど話題にはならなかった。

3

戦艦メリーランドの艦長であるマッケイ大佐は、日本船が木っ端微塵になった瞬間を目撃できた。

じっさいはどうなのかわからないが、彼の主観では目撃できた気がしていた。ともかく巨大な火の玉が見えたのは確かだ。それは破裂して消えた。

「あれが日本軍に物資を補給していたのか」

彼はそう結論した。

戦艦の砲弾が命中したとしても、あのような爆発の仕方はしない。あれは大量の爆弾などを抱えていたのだ。だからこそ、あのように木っ端微塵になったのだろう。

とはいえ、マッケイ大佐にもわからないことはある。あの船は、なぜあそこにいたのか？

補給目的の船舶が単独行動をとっていて、しかも艦隊の動きとはまったく関係がないとしたら、考えられるのは日本軍は真珠湾を奇襲しただけでなく、ハワイ上陸を実施しているのではないか？

マッケイ大佐がそう考えたのは、ホノルルのラジオ局などの放送中、日本軍の上陸を知らせる電話が殺到しているという報道があったためだ。

それは明らかにデマの類であり、彼も当初は信じていなかった。しかし、あの貨物船の存在は上陸部隊の支援と考えれば辻褄があう。

ここで考えねばならないのは、自分たちは何をすべきかということだ。敵の輸送部隊を撃破できるのは、戦艦部隊である自分たちだけだ。

そこでマッケイ大佐は、とりあえず北上を決めた。敵の上陸が本当かどうかを確認し、上陸部隊がいればそれを攻撃し、そうでないなら空母部隊を目指すと考え、僚艦ともその方針で合意した。

こうして移動中の戦艦四隻は、レーダーにより真珠湾から母艦に帰還するらしい航空隊の姿を捉えた。

航空隊側も戦艦四隻を発見し、一部はその上空を通過したものの、一発の爆弾も搭載しておらず、攻撃されることはなかった。

しかし、これにより敵は自分たちの存在を知った。遅かれ早かれ、敵は攻撃に出る。

そうして彼は針路を、さらに西に寄せた。

4

同じ頃、伊勢、日向、長門、陸奥、大和の原子力戦艦五隻は、高須第一艦隊司令長官の指揮下にあったが、彼は五航戦や二航戦の報告からかなり大胆な采配をふるっていた。

オアフ島の北方からかなり東寄りに島を南下し、真珠湾の水道から脱出した敵艦隊を追撃し、撃破するという作戦である。

　これは五隻の戦艦の最高速力が（すべてではないが）三五ノットまで出せることから、機動力を活かせば敵の残敵掃討は確実という判断だ。

　そのために天平丸にレーダーでの監視を命じていたが、その船が沈められてしまった。さらに航空隊の情報から、高須司令長官は南下を急いだ。

　全体を俯瞰《ふかん》すると米艦隊は北上し、日本艦隊は南下した。だから、二つの艦隊はオアフ島沖合ですれ違う。しかし、この時の両艦隊の位置関係が決定的な差を生んだ。

　前提として、日米ともにレーダー技術は黎明期にある。アメリカのレーダーのほうが高性能ではあるが、それでもなお信号処理などに課題を残していた。

　その状況で両艦隊ともレーダーを使用していたが、アメリカ艦隊はオアフ島を背景にする日本艦隊の姿を捉えられなかった。背景のオアフ島が雑音源となったため、識別が困難だったからだ。

　対する日本艦隊は、海に開けたなかでレーダーを使用できたので、米戦艦部隊の姿をはっきりと捉えることができた。

　そこで高須司令長官はすれ違ってから反転し、追いつく形で四隻の戦艦に迫った。

　米戦艦部隊は後方から接近する軍艦部隊を、それでもなおしばらくは友軍部隊と思っていた。それは当然で、彼らから見ればその軍艦部隊は真珠湾から現れたように思えたからだ。

　のちの日米の海戦はまた違った形になるのだが、この時の戦闘では非常に稀なことが起きていた。

米陸海軍航空隊は壊滅しており、日本海軍航空隊は第一次と第二次が帰還し、第三次攻撃隊の出撃が議論されている状況だった。

つまり、日米戦艦の戦いに航空機は直接関与しない戦闘となったのだ。ただし、一つだけ例外があった。それは戦艦搭載の弾着観測機であった。

米戦艦部隊に関しては、パイロットが乗っていないか整備中で、日本軍への攻撃で飛べる状態ではなかった。

日本軍の戦艦五隻からはそれぞれの弾着観測機が出撃していたが、米戦艦群からは一機も出撃できなかった。そうしたなかで砲戦は始まった。

5

高須司令長官が命じたのは、単縦陣のまま速力を上げることだった。これにより日本艦隊は米艦隊に追いつき、並走することとなる。

この時の両者の距離は三万メートル以上あった。追いつく時は三〇ノット以上を出していたが、並走では速力は急激に下げられた。

この時、四隻の米戦艦はウェストヴァージニア、カリフォルニア、テネシー、そしてメリーランドの順番で航行していた。これはメリーランドの速力が低下しているためだった。

このメリーランドに対して、五隻の戦艦が砲戦を仕掛けた。通常の砲撃なら試射から本射にかかるのだが、この時はやや違っていた。

試射が行われた時、戦艦メリーランドの周辺には四色の水柱が立ちのぼった。これは弾着観測のためであったが、着色料を砲弾に入れていない戦艦があった。

それは戦艦大和だった。四六センチ砲搭載戦艦はただ一隻であり、その水柱は着色などしなくても識別できた。

この一回の試射だけで五隻は本射に入った。

五隻の戦艦の主砲の合計は四九門。これだけの砲弾が集中すれば、命中弾は必ず出るという理屈である。そして、それは事実で確認された。

戦艦メリーランドの運の悪さは、落角が大きい状態で四六センチ砲弾が直撃したことだった。側面装甲のない上甲板を貫き、砲弾は艦内で爆発した。

さすがにメリーランド級となれば一発では沈まない。日本海軍の計算でも、四六センチ砲弾で戦艦を廃艦にするには命中弾は九発が必要と考えられていた。

ただ、すでに航空魚雷で損傷を負っていた戦艦メリーランドにとって、この一発の影響は小さくなかった。この砲撃で統制射撃が不可能となり、個別の砲塔で応戦することを強いられるようになった。

そうして反撃を準備している時に、二発目の四六センチ砲弾と、二発の四〇センチ砲弾が命中した。この三発の砲弾が致命傷となった。

どの砲弾かは定かでないが、火薬庫を引火させた砲弾があったらしく、戦艦メリーランドはこの砲撃で轟沈してしまう。

ここに至って、米戦艦は本格的な反撃に出る。まさか距離三万で攻撃に出てくるとは思わなかったからだ。

ただし、状況は悪い。日本戦艦が五に対して米戦艦は三しかない。単純計算でも米戦艦は全滅し、日本戦艦の損失は一隻しかないことになる。

だが、戦場はランチェスターの法則だけでは動かない。

米戦艦は日本艦隊の先頭艦、つまり旗艦である戦艦大和に砲撃を集中しようとした。しかし、戦艦大和に砲撃を仕掛けられたのは戦艦テネシーだけだった。彼我の位置関係が悪すぎたのだ。

進行方向は逆であり、ウェストヴァージニア、カリフォルニア、テネシーは日本艦隊から距離を離している形だからだ。さらに、暫定的な指揮を執っていたメリーランドが撃沈されたことで、指揮者不在となっていた。このため三隻はバラバラに動いていた。

戦艦テネシーは変針して、すべての主砲を大和に向けようとしていたが、それよりも早く大和やほかの戦艦が砲撃を始めていた。

試射が行われ、そのまま本射に入る。再び四九発の砲弾が弾着し、そのありさまを観測機が報告する。

戦艦を廃艦にするには三六センチ砲弾では二〇発と、四六センチ砲の倍以上の数が必要だが、それに倍する数と威力の砲弾が集中したことになる。そして、この本射によって数発の砲弾が命中する。

もはや、どれが命中したのかさえわからない。少なくとも四〇センチ砲弾以上のものが最低一発は命中したらしく、テネシーはたちまち戦闘力を失った。

　そこに二回目の斉射がなされ、ついに戦艦テネシーは炎上しながら傾斜し始めた。こうして二隻目の戦艦が撃沈された。

　前方を進む戦艦ウェストヴァージニアとカリフォルニアは、ここで速力を上げた。そもそも空母の撃破を意図したのに、敵戦艦が現れた点で計算が完全に狂ってしまった。

　そもそも、あの戦艦はどこから現れたのか？

　ここでこの二隻が戦闘を選ばずに撤退を考えたのは、臆病とかそういう話ではない。多勢に無勢で戦っても勝ち目はないので、撤退して捲土重来を期すという合理的な判断だった。現状は護衛艦艇さえないのだ。

　ここで大きな問題は、戦艦ウェストヴァージニアとカリフォルニアに命令を下すものはなく、撤退は個別の判断であったことと、仮に砲戦を行うにしても、両者の主砲は四〇センチ砲に三六センチ砲と砲弾の特性が異なり、同一目標への集中砲撃も簡単ではないことだ。

　この点は日本海軍も同様であったが、個別に弾着観測機があり、指揮権が明確であり、なにより命中精度の悪化は数で圧倒できた。

　さらに問題なのは、米戦艦は二〇ノットを出せる状況ではなかったのに、日本海軍の戦艦五隻はいずれも三〇ノット以上で追撃できたことだ。

　まず、カリフォルニアが標的にされる。

　高須司令長官は、ここで砲撃を長門と陸奥に絞らせた。さすがに五隻すべてが砲撃するのは弾の無駄と感じたのだ。

　むろん、この二隻に絞ったのには理由があった。戦艦の防御とは、自分の火力で撃たれた場合を想定する。とはいえ無限に強化はできず、一定の砲戦距離で砲弾に耐えられるものとして設計が進められている。

　そのため四〇センチ砲搭載艦と三六センチ砲搭載艦では防御力が異なる。つまり、四〇センチ砲なら装甲を撃破できるが、三六センチ砲では貫通できない距離が存在した。速力で勝る長門・陸奥ならその距離を維持できるという判断だ。

　その読みは当たった。戦艦カリフォルニアは自分に接近する戦艦二隻に砲撃を開始した。長門と陸奥は単縦陣で並走する様子を示したので、先頭を進む長門に砲撃を集中した。

　カリフォルニアは試射を行ったものの、次々と僚艦が撃沈されたことによる精神的動揺が影響したのか、弾着精度がいいとは言えなかった。対する長門・陸奥は勝利に勢いづいていた。なおかつ、弾着観測機の存在もあった。

　試射の苗頭《びょうとう》は正しく、距離の補正で本射に入った。長門は二発、陸奥は一発の命中弾を出した。

　カリフォルニアの速力はこの命中で大幅に低下したが、二隻の戦艦はここで速力を上げ、一気に突っ込んでいった。彼我の距離はたちまち二万を割り込んだ。

　この距離なら三六センチ砲でも四〇センチ砲搭載艦と面白い戦いが可能だったが、すでにカリフォルニアにはその余力がない。

　一部の砲塔は旋回不能であり、すべての砲塔を一つの標的に指向する統制射撃も不可能だった。なにより艦が傾斜したままで、砲戦での命中弾など期待できる状況にはない。

この命中界の大きな状況で、長門・陸奥から砲弾が放たれた。それぞれが三発の命中弾を出し、戦艦カリフォルニアは傾斜を回復できないまま転覆してしまった。

6

戦艦ウェストヴァージニアのヘンリー・ジェンセン艦長は、この時点で戦線離脱を考え始めていた。

戦艦による砲戦が不利なのは間違いない。しかし、反撃を諦めてはいなかった。ここは一度退いて、当初の計画通りに敵空母を砲撃し、撃破する。

それが可能かどうかについて、正直、彼も自信がない。しかし、自分たちの現在の状況で敵を痛打するとしたら、脆弱な空母を攻撃するしかないのもまた事実だ。

ただし、戦線離脱は容易ではなかった。日本海軍の戦艦は全速力で進む戦艦ウェストヴァージニアに余裕で接近してきた。

「どうなっているのだ、これは！」

7

戦艦ウェストヴァージニアとの距離が三万メートルになった時、すでに戦艦大和の砲術科は動いていた。

戦艦とは艦砲のプラットホームである。戦艦大和の定員二五〇〇名とも言われる乗員のうち五五パーセントが、じつに砲術科の人間であった。

このうち三基の主砲の操作に約二二〇名、一基あたりおよそ七〇名近い人間が、鉄の船を兵器に変える。これとは別に、主砲方位盤の七人を含む測的部に四二名、射撃幹部に八一名、電路部員・水圧機部員に一〇名弱の人間がいた。

普段の艦内編制、つまり常務編制では分隊が一つの単位となる。この常務編制とは、原則的に戦闘編制を基本にしていた。ゆえに戦闘編制で動く戦艦大和に分隊はなかった。分隊の消滅とともに日常も消えた。

連装砲塔一基を預かる七〇名のうち、砲員は三〇名、弾庫員二〇名、火薬庫員二〇名となる。ただし、四六センチ三連装砲塔を単に操作するだけなら、七〇名も人はいらない。七〇人の何人かは死傷者が出た時のスペアである。

人間により機械は兵器となり、兵器のために人は部品に甘んじることになる。こうして戦艦という戦闘システムは機能する。

砲術科の長である砲術長は、すでに主砲射撃指揮官として前部マスト頂上方位盤下の射撃指揮所についている。戦艦大和の艦長は大佐、そして主砲を操る砲術長は最大でも五人しかいない中佐の一人であった。

彼にはここで艦内の射撃諸機関を指揮するとともに、弾着を観測し、射撃修正を行うという重責があった。

射撃指揮所の下には測的所がある。発令所はさらにその下の防御区画内に置かれている。ここには砲撃に必要な一切の計算を行う射撃盤が備えられていた。

「砲火指向、第二法」

高須司令長官から第一戦隊の旗艦である戦艦大和に砲戦目標が指示される。

これはあらかじめ決められた手順によるもので、いまの状況では大和が戦艦ウェストヴァージニアを狙うことになる。

「敵、ウェストヴァージニア級戦艦」

艦長による指揮所への指示は、すぐ関連部署に伝わる。大和の測距儀が戦艦ウェストヴァージニアの姿を捉える。

こうした準備のなかで、速力三五ノットの戦艦大和は標的との距離を急速に縮め、すでに距離二万になろうとしていた。

「目標よし」

「一斉打方」

発令所より砲術長が打方を令する。これはあくまでも打方の準備で、この指示で砲戦が始まりはしない。戦艦の主砲はそれほど簡単には撃てるものではないのだ。

「測距、二《ふた》・〇〇《まるまる》」

具体的な砲戦は測距員のこの報告で始まった。二・〇〇とは距離二万メートルの意味だ。測的所では、すぐに戦艦ウェストヴァージニアの速力と針路が割り出される。

「速力二〇、針路二〇」

的針・的速——敵艦の針路と速度をこう称した——は発令所の射撃盤に調定され、これに大和自身の針路と速力が入る。二つの戦艦の速度ベクトルの合成から変距、つまり相対速度ベクトルが求められる。

細かいことを言えば、射撃盤に入力すべきパラメーターは敵味方の動揺角や空気の温度・湿度、風向きと風力、砲齢、さらにはその海面における地球の自転速度などが必要だった。

これらの諸元から変距が導かれ、そこから射撃盤の照尺距離の目盛りが運転されると、それに連動して射撃盤に並ぶいくつもの目盛りが変化する。このなかには時々刻々変化する射距離も含まれていた。

射距離は方位盤だけでなく、砲塔側の照準器にある受信盤にもセルシンモーターにより表示される。万が一の場合には、砲側の照準器ですべての作業を行わねばならないからだ。いわば保険である。


必要な諸元が射撃方位盤に入力されると、照準に必要な俯抑角・旋回角が砲塔の方位盤受信機に示される。これらの角度は受信機では赤い針（基針）の動きとなる。

各砲の砲手と旋回手は砲を操作し、操作に連動して動く白い針（追針）を一致させる。基針と追針が俯抑角・旋回角ともに一致すると、理論的にはそこで発砲すれば砲弾は敵に命中する。

艦内編制令にしたがい、各砲塔は戦闘編制における砲台長――通常は常務編制における分隊長と同一人物――が主砲の発射準備を確認する。

「左右砲よし！」

砲台長の号令により砲塔の通信伝令員が発射準備よしのボタンを押す。

射撃指揮官である砲術長は艦長に報告する。

「射撃用意よし」

「打方始め」

艦長の命令とともに、砲術長は発令所より各砲塔にそれを伝える。一見無駄に思えるが、この手順の有無が武装した暴徒と、国家の組織である軍隊との決定的な違いであった。これは戦闘の継続とともに顕在化するのだ。

「発射用意！」

発令所にいる兵曹の号令官は、号令とともにブザーを鳴らす。

「打て！」

ブザーとともに号令官は令する。

ブザーが鳴るのは三秒間。各砲塔の射手が引き金を引くことが許されているのは、この三秒間だけである。

移動する二隻の戦艦では、発砲のための諸元は刻一刻と変化する。三秒より古い過去のデータはもはや意味がないのだ。

それに砲塔の基針と追針が一致しなければ、発砲のための電気回路は閉じないので、引き金を引いたところで弾は出ない。

測距から発砲まで非常に複雑な手順を踏むが、実際に動いている時間はごく短い。そのためにこそ連日の激しい訓練があった。

こればかりは重油を燃焼しようが原子力で推進しようが関係ない。すべては火薬と照準の話だ。

砲塔内は分厚い鋼鉄の箱に守られ、発砲の音もそれほどではない。

しかし、三門の四六センチ砲の砲尾が急激に後退すると、砲塔内の気圧は急上昇と低下が連続する。砲術科員たちは文字通り、主砲発射を全身で感じている。

砲塔の人間たちがひと仕事終えた時から測的部の本当の仕事が始まる。

「発砲」

距離時計を扱う砲術科の時計員が弾着までの時間を計測する。

「初弾よーい……弾着、いま！」

大和の弾着を観測しているのは、測的部だけではなかった。大和搭載の弾着観測機が支援にあたっている。

測距儀からは、苗頭はともかく遠近の判定は誤差が大きい。観測機が上空からそれを判定すれば、誤差は著しく減少できる。

日本海軍の戦艦は、おおむね三機の偵察機を搭載している。主観測機、副観測機、測的機である。最後のは予備みたいなもので、弾着観測に重要なのははじめの二機だ。それぞれが弾着の苗頭と遠近を専門に観測する。

観測機の位置は決められた手順で電波発信により伝えられ、大和ではそれより観測機の位置を割り出し、そこから敵の位置と針路を逆算する。

観測機器の進歩等により、砲戦の誤差は距離二万メートルでも一〇〇メートル前後である。

大和の初弾は戦艦ウェストヴァージニアの近くに落下したが、命中弾はない。左に三〇〇メートルほどずれていた。

日本海軍の一般的な打方は初弾観測二段打方と呼ばれる。初弾の弾着から一段目で苗頭を正し、二段目で距離を正す。三段目で夾叉《きょうさ》すれば、四段目以降は本射に入ることができる。

「右寄せ、三」

射撃幹部の号令で、初弾に続き第一斉射が行われた。

ここにきて、戦艦ウェストヴァージニアもようやく反撃を開始していた。

大和は戦艦ウェストヴァージニアとの距離が二万前後になるように移動していた。砲戦諸元の問題ではなく、舷側装甲の差を利用しようとしているからだ。

戦艦ウェストヴァージニアは大和の存在さえ知らないわけだが、それでも砲戦の水柱からこの巨艦が尋常な砲火力ではないことはわかっていた。

だからこそ大和の懐に飛び込み、装甲の差を相殺しようとするのだが、速力に勝る大和はその手には乗らない。この局面では戦艦の速力が物を言う。

ここから先の戦闘については、日本海軍内部でも問題となった。高須司令長官はここで、戦艦ウェストヴァージニアから離れるように命じたのだ。アウトレンジ砲撃を行うと言う。

これについては参謀長からも疑問を出されたが、高須司令長官の「大和型戦艦の実力をいまのうちに確認しておきたい」との一言により、実行されることとなった。

高須司令長官には、このまま戦闘を続ければ戦艦ウェストヴァージニアを撃沈できるのは確実だが、日本海軍が重視していたアウトレンジ戦術の妥当性について検証ができていなかった。それをこの大和型で確認する必要があると判断したのだ。

もっとも、これには帰国後に問題とする意見もあった。あの状態なら命中界も大きく、すぐに戦艦ウェストヴァージニアを撃沈できたはずで、無駄な手間をかけたというものである。また、アウトレンジを検証するなら、最初から行うべきというものもあった。

後者に関して高須司令長官の本音としては、大和型が思った以上に強力で、戦闘の途中で考えが変わったのであった。命中界の問題はあるが、弾着観測機もあり、問題はないと判断された。

ともかく戦艦大和は距離を確保するために、戦艦ウェストヴァージニアから離れた。

8

大和が距離を取り始めたことは、戦艦ウェストヴァージニアのジェンセン艦長には、なんらかの理由で日本戦艦が戦線離脱を試みているものと見えた。

新型戦艦を戦艦ウェストヴァージニアにぶつけてきたものの、技術的問題により戦線離脱を余儀なくされたのではないか？　確かに敵戦艦の砲弾は当たっていないではないか？

日本海軍から見れば、新型戦艦の実力がどれほどのものか確認したいだろう。だから敵の僚艦は戦闘に介入してこない。そうして単独で戦艦ウェストヴァージニアと対峙したものの、なんらかのトラブル（おそらくは主砲関連）に見舞われ、戦列から離脱することになったのだろう。

じっさい日本の新型戦艦は四〇センチ砲以上の主砲を装備しているとしか思えない。そのような強力な火砲なら、トラブルが生じるほうが自然とさえ感じられた。

戦艦大和の故障という部分では彼の予測は間違っていたものの、戦艦大和の性能を確認したいという高須司令長官の考えは当たっていた。

ここでジェンセン艦長は、あえて追撃を仕掛けた。日本海軍の新鋭戦艦を撃沈できるとしたら、四〇センチ砲搭載の自分たちしかいないと考えたためだ。

速力の劣勢はわかっていたが、敵が撤退するからには追いつける可能性がある。それが彼の判断だった。

ところが、戦艦大和との距離は急激に開いていく。何度か砲撃を仕掛けるが、命中弾はおろか夾叉弾さえ出ない。そして、彼我の距離は三万を超えている。

「戦闘はこれで終わりか」

そう思ったのも束の間、砲撃が始まった。

9

原子力推進戦艦といえども、アウトレンジ砲戦では命中弾を得るのは、本来なら難しい。しかし、日本艦隊は制空権を確保しており、弾着観測機の支援を受けることもできた。

戦艦ウェストヴァージニアも大和の近くには落下するが、距離も苗頭もかなり誤差がある。

戦艦大和はアウトレンジ砲撃を開始した。

「発砲よーい……弾着、全遠！」

測的員が報告する。

観測機の指示は的確だった。大和の試射は苗頭に関してはよし。砲弾が全遠となれば、距離の修正だけが残される。

「下げ、八」

砲術長がすかさず命ずる。三基の三連装砲は新しい諸元に合わせて角度を調整する。

ここでさらに戦艦ウェストヴァージニアから反撃があるが、やはり命中弾は出ない。

はっきり言えば、射撃方位盤の性能ではアメリカ海軍に分がある。しかし、それでも距離三万をこえる砲戦は命中弾を出しにくい距離であった。

日本海軍はアウトレンジが好きであるが、英米の海軍はむしろ敵の内懐に突入する戦法を好む。ビスマルク追撃戦など、そのいい例だ。

それだけに、原子力推進による機動力でイニシアチブをとられることは、戦艦ウェストヴァージニアにとってはつらい戦いを強いられる。

「発砲よーい……弾着、全近！」

大和の砲戦は佳境を迎えていた。すべてが予定通りなら、次の斉射で夾叉する。

「高め四、急げ」

急げとは、次から本射に入るという予告のようなものだ。

砲術長にはその自信がある。そしてそれは確かめられた。

「発砲、よーい……弾着、夾叉！」

ほぼ同時に戦艦ウェストヴァージニアの弾着がある。だが、戦艦ウェストヴァージニア砲弾は苗頭こそよくなったが全近に終わる。戦艦大和は速力を巧みに変化させていた。

大和の砲術長は夾叉弾が出たことで、瞬間だが次の指示を迷う。一斉打方から交互打方へ指示の変更をである。

砲戦では敵艦の変針・変速など態勢の変化により、夾叉を出したといってもそれで撃ちっぱなしとはいかない。逃げまわっていては自分も射撃ができないので、日米ともにおおむね九分間隔での変針を励行していた。

自然と射撃諸元の誤差が増える。交互打方は一斉打方と比較して本射における弾着観測の間隔を短くするため、弾着の誤差をこまめに修正できるという利点があった。

机上の理論では、斉射なら四〇秒かかる大和の砲撃は交互打方なら二〇秒にできた。

だが、砲術長は最初の決心通り、一斉打方を続ける。砲戦距離は三万メートルだが、この距離では大和の主砲の場合、約四〇秒で弾着する。

交互打方を行っても弾着時と発砲時が重なるために射撃間隔は長く取らねばならず、これでは交互打方のメリットはない。それに砲弾の装塡は完全自動ではなく、現実の射撃では交互打方が一斉打方の倍速で撃てるわけがない。

この時の砲戦は、ある意味で教科書的な手順にしたがったものだった。それはすべての乗員が、実戦の中で戦艦大和という機械の操作を確認するという意味があった。

こうして次の斉射で戦艦ウェストヴァージニアに三発の命中弾が出た。この間に戦艦ウェストヴァージニア側も砲撃を行っていたが、命中には至っていない。そして、その次の攻撃の前に大和の砲弾が命中していた。

10

戦艦ウェストヴァージニアのジェンセン艦長にとって、遠距離砲戦で自分たちの砲弾が命中しないのはまだしも、主砲にトラブルのあるはずの敵戦艦の砲撃が予想以上に正確であったことは、ある意味で奇襲に等しかった。

夾叉弾が出て、さらに三発の命中弾が出た。その衝撃は深刻だった。落角が大きいため、結果的に装甲の薄い部分を貫通して艦内で爆発が起きたのだ。

この砲撃で艦内の電路系統が損傷を受けた。火災も広がったが、影響では電気系統の障害のほうが大きい。それが止まれば、主砲も動かせないからだ。

それでも電力の途絶は、すぐに回復した。しかし、その数分間の機能の停止は砲戦の真っ只中では甚大な影響を伴った。

まず砲撃が中断した。砲塔は油圧で動いても、ポンプは電気で動くのだ。

そうして再度、砲弾が命中する。この時は四発の砲弾だった。

事実上、この砲撃で戦艦ウェストヴァージニアは、ほぼ機能を停止した。機関部も破壊され、戦艦ウェストヴァージニアは前進を停止する。

ジェンセン艦長は自分たちに起きていることが信じられなかったが、炎上する戦艦の姿に総員退艦を命じないわけにはいかなかった。ともかく日本戦艦は遠距離から砲撃を加えており、こちらの状況がわかるとも思えず、砲撃を止めるとは思えなかった。

　事は急を要した。戦艦が停止した以上、敵弾の命中率がさらに上がることは明らかだ。

　こうして乗員たちは脱出にかかったが、周辺には自分たちを救援してくれる駆逐艦もいない。しかし艦に残れば、確実に死ぬことになる。

　すでに戦艦は傾斜し始めていた。乗員たちは甲板から次々と飛び込んでいく。

　無事に海上に脱出できた者もいれば、艦尾近くから脱出してしまったため、回転するスクリューに巻き込まれる者もいた。どこから脱出するか、それだけのことで運命が分かれた。

　数時間後、将兵の多くは救援にやってきたタグボートに収容される。

　この戦艦ウェストヴァージニアの沈没をもって真珠湾奇襲攻撃は終わった。

11

　岩田と桜井は戦艦同士の戦闘が行われているなかで、再び第二航空戦隊の空母から出撃していた。

　今回は攻撃ではなく戦果確認であった。実際に真珠湾で、どれだけの敵艦隊を撃破できたのかを確認しなければ、今後の作戦も立てられない。

　爆装はしていないが、代わりに偵察用のカメラが爆弾架に設置されていた。敵の電探も航空基地も撃破しているので、迎撃機の心配はないはずだった。

とはいえ、敵の大規模な軍事施設であり、何が起きるかはわからない。

「これは難しいな」

この時、双発爆撃機は南下ではなく、北上する形で真珠湾に迫っていた。

そのなかで岩田機長は偵察の困難さを察した。なぜなら、真珠湾から大量の黒煙が上がっているからだ。何が燃えているにせよ、真珠湾上空の視界はかなり悪化しているだろう。

何が炎上しているのか？　その原因はすぐにわかった。

真珠湾を攻撃し、湾内の敵艦隊を追い出すという流れのなかで、誰かが石油タンクを爆撃したらしい。じつを言えば連合艦隊内部では、石油タンクについてさほど重視していなかった。

このこと自体は驚くべきことだが、連合艦隊司令部は米太平洋艦隊の軍艦に関する情報は集めていたが、基地インフラについてはほとんど無関心だった。

石油タンクにしても陸上にタンクが並んでいるとは思っておらず、「アメリカは金持ちだから地下タンクにしていると思っていた」という証言さえあったほどだ。

作戦後のことだが、このタンク攻撃について誰が行ったかの調査は行われたが、結局、わからなかった。

第一次攻撃隊では攻撃せず、岩田らの戦果確認では炎上しており、おそらく第二次攻撃で炎上したのだろうとは推測できた。

ただ、第二次攻撃隊に意図して石油タンクを攻撃した搭乗員はいなかった。搭乗員の中には、「爆弾でなくても戦闘機の二〇ミリ機銃弾でも火災は起こせる」という意見さえあった。

最終的に、零戦が撃墜した軍艦搭載の観測機がタンクに墜落したのではないかという結論で一応の決着はついたのではあるが、これも理由づけにすぎず、証拠はない。

いずれにせよ、真珠湾は石油タンクの炎上により黒煙に覆われ、戦果確認が困難な状況だった。とりあえず、岩田機長は黒煙を込みで真珠湾全体を俯瞰して写真撮影を行った。ともかく、完全ではないとしても俯瞰しての撮影は必要との判断だ。

それに風向きも変わるので、複数の写真があれば、比較的広い面積を観測できると判断した。

湾内には雑役船らしいものが多数動いていたが、対空火器で岩田機を攻撃してくるものはなかった。

「低空飛行する」

岩田はそう宣言すると電波高度計を作動させ、黒煙の中を飛行していく。

この高度ではもはや航空写真ではなく、ほぼスナップ写真のようなものだったが、一方でそれだけ湾内のリアルな姿を撮影することができた。

いくつかの艦船が岩田機に気がついて銃撃を試みるが、雑役船からの銃撃が命中するはずもなかった。岩田機は真珠湾内の要所要所を撮影して、空母へと針路をとった。

12

高須司令長官は真珠湾の戦艦九隻（一隻は標的

艦だったが）や巡洋艦、駆逐艦のいくつかを撃沈したことで大戦果をあげた後、最大船速で日本に向かっていた。

日本の連合艦隊司令部からは、すでに高須に対して激励と感状が送られることなどが伝えられていた。

帰路の高須司令長官の胸中を一言でいえば、安堵であった。出撃前はあまり考えていなかったが、実戦は結果として鎧袖一触で終わったものの、被弾する危険もあったのだ。

はたして原子力軍艦は被弾した時にどうなるのか？

正直、高須も原子力について十分理解しているとは言えなかった。彼に限らず将官クラスで理解している人間はいないだろう。それには確信があった。

そういう状況で、この最先端技術の軍艦が被弾した時に何をすればいいのか？　そこに確信をもって命令できる自信がない。

せめて緊急時対応教範のようなものがあればいいのだが、実際に用意できたのは原子力機器操作取扱手順などであり、緊急時対応の手順はない。

そんなものを用意する余裕などなかったのだ。操作手順でさえ、ガリ版で作り上げたものが配布されているのが現実だ。

高須司令長官がそこまで被弾を恐れるのは、原子力の原理こそわからなかったが、原子力は高出力であるがゆえに、一つの主機が動作停止になれば速力が一気に低下することは予想できたからだ。

もちろん、原子力でなくても、そうではあるのだが、原子力の機動力で相手を圧倒するような戦い方をしているだけに、それが失われた場合にどうするか？　その目算が立たなかったのだ。

これは真珠湾で圧倒的な戦いをしたからこそ、なおさら懸念材料となった。

「ともかく、これらの分析は日本に戻ってからだ」

高須はとりあえず、気持ちをそう切り替えた。


空母エンタープライズでミュレー大佐が真珠湾攻撃の知らせを受けたのは現地時間の一二月七日の昼近くだったが、異変は早朝から感じていた。真珠湾との通信が早朝から途絶したためだ。

エンタープライズは日本軍の攻撃が近いとの予測から、ウェーク島へ海兵隊の戦闘機中隊ＶＭＦ２１１を輸送する任務にあたっていた。当初は戦闘機隊の輸送だけだったが、ウェーク島に向かう日本船団が編成されているとの情報から、島の防備を固めるための支援物資も運ぶことになり、当初の一二月一日の出発は三日遅れることとなった。

一二月五日には、航空隊と増援物資の輸送も終わり、ウェーク島を出発したのが六日、そうして航行中に訓練などをしながら七日を迎えたのだ。

ハワイの米太平洋艦隊司令部とは円滑な連絡がつかず、どのような戦力でどのように攻撃されたのか、その情報が曖昧だった。空母に奇襲され、戦艦の攻撃を受けたことはわかるのだが、時系列的な詳細がわからない。

ミュレー艦長が不思議に思ったのは、空母の艦長として、戦艦と空母の連携した攻撃がイメージしにくかった。戦闘距離が違いすぎるのだ。常識で考えれば空母と戦艦は一〇〇キロは離れているだろう。しかし、そうであれば護衛部隊が空母に付く。

だがそうであったとすれば、かなりの規模の部隊のはずで、それが日本から真珠湾まで誰にも発見されないなどということはまず考えられない。

しかし、日本海軍はそれを実現してしまった。

ただ一つ確信を持って言えるのは、最短距離で移動したはずだということだ。少なくとも帰路は最短距離で帰国するだろう。真珠湾を攻撃したことで、燃料の残量も少ないはずだし、同時に敵を避けて迂回する必要もなくなったからだ。真珠湾の米太平洋艦隊の戦艦群は、どうも大打撃を受けたらしい。とはいえ空母は残っている。

「緊急に、ヨークタウンと連絡をとってくれ」

ミュレー艦長は命じる。ヨークタウンとエンタープライズの空母二隻の戦力があれば、日本艦隊を奇襲することも可能となるはずだ。

それと並行し、ミュレー艦長は日本艦隊の予想航路を計算させる。

「燃料に余裕がなく、追撃の脅威がないという前提で、彼らは経済速度の一四ノットで航行するでしょう。そうであれば、小笠原沖で敵艦隊の頭を押さえられます」

航海長の計算結果によれば、ヨークタウンとエンタープライズの二隻で敵を奇襲することも可能だ。

「よし、この針路で進め！」

第6章　マレー沖海戦

1

昭和一六年一二月七日、マレー半島沖。

第一航空戦隊の空母加賀《かが》と空母赤城《あかぎ》は別々の部隊に属していた。

マレー方面全体を指揮する近藤《こんどう》司令長官の南方部隊本隊に空母加賀が編入され、具体的に侵攻を行う小沢《おざわ》司令長官のマレー部隊に空母赤城が編入されていた。

ただ空母赤城そのものは、護衛の駆逐艦二隻、曙《あけぼの》と潮《うしお》を伴う小部隊で独立して活動していた。その空母赤城では、一機の双発爆撃機が出撃準備にあたっていた。

双発爆撃機を操縦する谷口《たにぐち》機長と桑田《くわた》副操縦員は準備に忙殺されていた。特に無線機の調整は入念に行われた。

第一航空戦隊の空母二隻は陸海軍の現地協定により、陸海軍の基地航空隊が進出するまで上陸部隊の制空権を掌握し、作戦進行を支援することとなっていた。

そのなかで谷口機長らの双発爆撃機は、上陸前に敵情を偵察するため待機していた。時系列から言えば、マレー半島上陸のほうが真珠湾奇襲よりも先である。

桑田が無線機の調整を熱心に行っていたのは、彼らの無線機のチャンネルのいくつかが上陸部隊本部の通信隊とつながっているからだ。偵察結果はそこに報告される。

それだけでなく、必要があれば彼らを介して空母赤城に攻撃支援を伝えられるようになっていた。

もっとも、彼らはあくまで中継する立場なのと、本来は陸軍本部と空母との直接通信の回線もできているので、彼らはあくまでも予備回線の立場だった。それでも回線の安定は重要だ。

双発爆撃機は本来、双発戦闘機として開発されていたので、偵察機としては爆装しておらず、機首の武装には銃弾が装塡されていた。ただし、あくまでも護身用である。

「瑞鶴に装備されている蒸気カタパルトって、赤城には装備されないんですかね」

桑田が無線機の調整をしながら言う。

「どうだろうなぁ、いろいろ極秘の技術があるらしいからな。それに開戦となったら、赤城を改造する暇もないだろう」

「ということは、瑞鶴や翔鶴から発艦する以外はロケットで飛ばすしかないんですかね」

「だろうな」

双発爆撃機はロケットブースターで加速するが、その関係から早期に出撃することになっていた。

彼らの後ろの飛行甲板には爆装した攻撃機が並んでいる。まだ十分な距離を置いているが、爆弾や燃料を並べているあいだでロケットを点火し、加速するのは非常に危険を伴う。

双発爆撃機が早々に出撃してから、攻撃機の本格的な発艦準備にかかることになっていた。だから準備を整えるには、双発爆撃機はできるだけ早く飛び立つ必要がある。

とはいえ、早すぎて敵に気取られても、また燃料不足になっても困る。増槽も取りつけられているが、それだけにロケットブースターに不調があれば、燃料に引火して大惨事になりかねない。しかし、そこは負わねばならないリスクでもあった。

もっとも、それは甘受すべきリスクなのか、上層部の考えなしの負担を現場が背負っているだけとも解釈できたが。

この時点で空母の甲板上は夜である。電探によれば、周辺に敵影はないらしい。

彼らの双発爆撃機が出動し、現場に到達した頃には日付は一二月八日になっているはずだ。

指揮所から発艦許可が出ると、双発爆撃機は加速を始める。すぐにロケットブースターの炎が機体周辺を明るく照らす。

だが、谷口はあくまでも飛行甲板を見ている。発艦のタイミングを計らねばならないからだ。

飛行機はブースターを取りつけたまま発艦し、谷口はすぐにブースターを分離する。飛行機という負荷を失ったブースターは飛行機を追い抜き、そのまま海面に墜落した。近くに船舶でもいれば、何が起きたのかと思うだろう。

双発爆撃機はコタバルへと向かう。やがて日本軍の船団と、その先にあるコタバルが見えた。

イギリス軍は日本軍の上陸を察知していたらしい。ブレニム爆撃機が向かって来た。

彼らの任務はあくまでも偵察だったが、すでに戦闘となれば任務の前提が崩れている。

　谷口は二機のブレニム爆撃機の後ろにまわり込み、機首の機銃弾を叩き込む。双発戦闘機計画が各国でもてはやされた理由の一つは、機首に重火器を集中配置できる点にあり、この双発爆撃機もそうだった。

　二〇ミリ機銃四門を装備した双発爆撃機の銃弾を受け、二機のブレニムは次々と撃墜されていった。そのまま飛んでいたら輸送船の一隻も沈められたかもしれないことを思えば、大戦果と言えるだろう。

　本来なら制空権確保は、偵察後に赤城の制空隊が行う予定だったが、本隊が来る前に双発爆撃機の任務となった。

　コタバル飛行場からは次々と飛行機が飛んでくるのだが、十分な準備によって出撃しているわけではないため、結果的に各個撃破される形になった。

　また、爆撃機で優先して船団攻撃を行ったことで、谷口たちの攻撃により爆撃機はほぼ阻止できた。とはいえ、その数は四機程度だ。残弾がほぼ切れたためだ。

　そうしたなかで、戦闘機隊が双発爆撃機を攻撃すべく出撃する。だが、それらは少数のバッファロー戦闘機だった。Ｆ４Ｆ戦闘機より火力でも速力でも劣るバッファローでは、双発爆撃機を撃墜することは難しかった。

　なによりも、バッファローでは双発爆撃機に追いつけない。

　そもそも双発戦闘機の開発コンセプトは、二つのエンジンの馬力で高速を狙う点にあったのだ。

高速性能に関して期待した水準を達成できたかどうかはともかく、それでもバッファローよりは高速である。

ただ、双発爆撃機側も機銃弾を撃ち尽くしており、バッファローに対抗する術《すべ》がなかった。

バッファローから逃げるのは容易だが、友軍部隊への接近を許すわけにもいかない。そのため、谷口はあえて敵戦闘機を煽るような動きを見せた。

それは敵の攻撃を逸らせるという点では成功だったが、小まわりではバッファローに分があった。

そうして何度か敵戦闘機が銃撃を行い、双発爆撃機にも危うい場面があった。そうしたなかで、ついにバッファロー戦闘機が双発爆撃機の後ろについた。

二機の敵戦闘機が連携して双発爆撃機を罠にはめた。夜間ゆえにそれが成功したわけだ。

「まずい！」

谷口がそう思った時、バッファロー戦闘機が火を吹いて墜落する。友軍の零戦がようやくやって来たのだ。

バッファロー戦闘機は零戦により一掃される。これによりコタバル飛行場の制空権は、完全に日本海軍航空隊のものとなった。

陸軍部隊を乗せた輸送部隊は一隻の損失も出すことなく、上陸作業に取りかかる。あいにくの荒天で海に投げ出される兵士も出るほどだったが、それでも舟艇は次々と海岸に向かう。

谷口はここで、空母に戻る前に最後の仕事を行う。海岸付近の敵陣の後方で吊光投弾を行ったのだ。

これにより上陸部隊には海岸線付近の敵陣地の

姿が見える。もちろん偽装しているので、すべてが明らかになるわけではないが、砲座などの重火器陣地は自然界とはシルエットの不自然さから判断がつく。

そうした重火器陣地を海上の駆逐艦が砲撃する。いくつかの野砲陣地は反撃するが、それこそが判断ミスであり、居場所を特定された敵の砲座はそれにより火力を集中され、次々と潰されていった。

じっさいに吊光投弾で破壊できた敵陣地は比較的少なかった。だが、攻撃すれば海と空から反撃されるという事実は、敵に対してかなりの圧力となった。

結局のところ、砲座や銃座が破壊されなくとも、そこが使用できないなら破壊したのと同じことだ。

それでもイギリス軍やインド軍は抵抗を試みた。

しかし、制空権を掌握しているという事実は圧倒的で、日本軍は早々に上陸を成功させた。

2

谷口機長の双発爆撃機は吊光投弾を展開後、空母へと戻った。写真撮影は行ったし、銃弾が尽きては戦えない。

はっきり言って、双発爆撃機はその前の双発戦闘機の失敗から派生したものだ。

真珠湾攻撃では新兵器の気化爆弾などを活用し、有効な運用方法を見出せたらしい（谷口もこの件については、ほとんど内容を知らない）が、南方侵攻作戦では偵察と限定的な地上攻撃支援が主たる任務であった。

銃弾の補充は敵への攻撃というより、自衛のためという意味合いが強かった。制空戦闘機としては成功とは言いがたい点で、これは仕方がなかった。

　空母に戻り、機体の整備を艦内の待機場で待っていた谷口たちに飛行長の増田《ますだ》正吾《しょうご》海軍中佐が次の偵察命令を伝える。

「シンガポールの偵察だ」

　増田飛行長の命令の意図を、谷口はすぐに理解した。

「Z艦隊ですね」

　飛行長はうなずく。Z艦隊とは、イギリスから日本を牽制するために派遣されてきた戦艦プリンス・オブ・ウェールズと巡洋戦艦レパルスの二隻を指す。

　増田飛行長から指示された飛行経路は海上ではなく、ほぼマレー半島を通過するものだった。これにはマレー半島の敵軍の動きを偵察するという意味があった。

　敵軍の状況は、そのまま空母から艦隊司令部を介して陸軍部隊に転送されることとなっていた。この流れは上陸時とは異なっていたが、上陸後の侵攻作戦については陸軍側の司令部が判断するため、情報の伝達経路が変わったのだ。

　こうして双発爆撃機は空母を発艦する。午後もかなり遅くなっていた。

　飛行経路は空母からそのまま西進してマレー半島に入り、そこから南下するのが基本的な航路だ。主に東側の道路や鉄道などの上空を通過し、その保全状況を見て、必要なら写真撮影をする。

　陸軍の進撃路は、いまのところ無傷であるよう

に見えた。イギリス軍の動員も配置もまだ十分で

はないように思われたが、シンガポールに急ぐ彼

らにとって、そうした動きも通過点の光景でしか

なかった。

そうして彼らはシンガポールに入る。時刻は七時に近い。暗くなってはいたが、横からの夕陽がかえって湾内の船舶のシルエットを際立たせている。

二隻の戦艦が停泊できる場所は限られている。大型貨物船は認められたが、そのあるべき場所に二隻の戦艦の姿はない。

谷口はすぐ桑田に緊急電を打たせる。

「シンガポールに二大戦艦なし」

3

Z艦隊の指揮官であるトム・フィリップス中将にとって、この一二月七日から八日にかけての状況は不可解の一言に尽きた。

日本軍が動き出しているという情報から、彼はマニラで関係国と日本への対処を議論していた。

そうしたなかでイギリスの哨戒機が日本軍の船団を発見したとの報告を受けて、彼はすぐシンガポールに戻った。それが一二月五日から七日までの出来事だ。

この時点で、哨戒機から日本船団はタイに向かっているとの続報が入り、一旦は彼も安堵した。日本軍がタイに上陸するのも事件ではあるが、

タイからマレー半島に侵攻するなら防備のための時間が稼げるからだ。

そうして八日になり、彼は日本軍がマレー半島に上陸したとの報告を受ける。ただし、日本軍侵攻の情報はひどく曖昧なものだった。とりあえず、シンゴラ方面に日本軍が上陸したという情報だけだった。

そこで、シンゴラ方面の日本軍船団を攻撃するため、彼らはシンガポールを出航した。午後六時頃のことである。

これに合わせてフィリップス中将は空軍への支援を要請したのだが、日本軍の攻撃のため空軍司令部は状況を把握できておらず、Ｚ艦隊の護衛ができる状況ではないとの返答を受けていた。

じつを言えば、Ｚ艦隊には空母インドミタブルも編入されているはずだった。だが、本艦は訓練中に座礁し、Ｚ艦隊は空母を欠いた戦艦のみの部隊となったのだ。

正確には、駆逐艦が若干同行していたが巡洋艦はなく、艦隊としてのバランスはきわめて悪い。

ともかく、現状で自分たちにできること。それは、日本軍の船団に対して奇襲攻撃を加えるしかないと考えていた。最優先すべきは上陸部隊の阻止であり、その後のことは状況次第となる。

とはいえ、フィリップス中将に何も見通しがなかったわけではない。

マレー半島への上陸作戦をＺ艦隊だけで完全に止めることはできないだろう。空軍の支援もあてにならず、自分たちには空母もない。

二隻しかないＺ艦隊の主力艦を二手に分けるな

ど、各個撃破されるだけに終わるのは目に見えているから分散はできない。そうなると、マレー半島をＺ艦隊一つで守らねばならないが、それは無理だ。

日本軍の最終目的地がシンガポールなのは明らかである。そうであるなら、Ｚ艦隊はそちらの防衛にも目配りをしなければならない。

しかし、シンガポール防衛を考えるなら、日本軍もおいそれとはできないから、時間的余裕はある。そうなると、マレー半島方面の制海権の確保が緊急の課題となる。

海上輸送路さえ遮断すれば、日本軍がどれだけ侵攻しようと補給途絶で負けることは明らかだ。

そのためになすべきは、アメリカやオランダ、オーストラリアの艦隊と合流し、主力艦二隻を有する強力なＡＢＤＡ艦隊、つまりは連合国軍艦隊を編成することである。

マニラでの会議も、本来はそのための話し合いだったのだ。

ＡＢＤＡ艦隊が日本海軍の動きを抑え込めたなら、今度は真珠湾の米太平洋艦隊が日本本土に迫る。日本は日英海軍より劣勢な海軍力で二正面作戦を強いられるわけだ。

そのためにも、いまここでの日本船団への奇襲攻撃が重要になる。

ただ、それでもＺ艦隊の針路は右往左往を余儀なくされた。日本軍に関する情報が混乱していたためだ。

コタバルの日本軍上陸は、今度はシンゴラへの上陸になった。さらに、悪天候で偵察機を飛ばせないという報告があったりと混乱していた。

この時、日本軍でも突出した機械化を遂げている第二五軍が、マレー半島で行っていたのは電撃戦であった。

それは成功していたのだが、結果として混乱したイギリス軍からの情報は、フィリップス中将には混乱しかもたらさなかった。

この状況でフィリップス中将はシンガポールから出撃したものの深夜になり、もはや奇襲は成立しないのではないかと判断し、再びシンガポールへと反転した。ところが、コタバルに日本船団が集結しているとの情報から再度、反転して北上した。

この間にZ艦隊出動の一報により小沢艦隊と近藤艦隊は、ともかくZ艦隊を捜索することに全力をあげた。

この時、空母部隊はマレー半島の陸軍部隊の支援で整備に追われていた。そのため、仏印の陸攻隊がZ艦隊の捜索にあたっていた。

しかし、戦果らしい戦果はあがらない。これは夜間であることと、なによりも天候が荒れていたからだった。じっさい部隊によっては荒天を理由に出撃を諦めていた。

この時点で小沢艦隊の旗艦鳥海《ちょうかい》は電探を装備していたが、これがZ艦隊には幸いした。夜間索敵中の陸攻隊が、小沢艦隊に向かって飛んで来ることを電探が察知したのだ。

無線で連絡してもうまくつながらず、仕方なく探照灯を真上に向け、光によってやっと友軍であることを陸攻隊に理解させた。

この一連の状況は、Z艦隊からも観測されていた。レーダーの性能の差と荒天の影響で、戦艦プリンス・オブ・ウェールズ側からは小沢艦隊と陸攻隊の動きを察知できたのだ。

フィリップス中将は、最初は探していた敵船団と判断して接近していったが、相手の陣形や速力などからそれが貨物船団ではなく、れっきとした艦隊であることがわかった。戦って負けるとは思わなかったが、いまは交戦より敵船団の撃破である。

敵艦隊との交戦は避けたが、目視での監視は続けていた。そのなかでサーチライトの点灯があり、敵が危うく同士撃ちをしかけたことを知った。このことはフィリップス中将の判断に影響を及ぼした。

ここまで日本軍は無敵かと思っていたが、どうやら日本軍も深刻な混乱状態にあるようだ。ならば、日本軍など恐れることはないのではないか？

フィリップス中将のもとには、その後もマレー半島の情報が入ってきたが、彼は針路変更を試みることはなかった。ただただ日本軍船団を攻撃するのみだ。

そして、可能ならいま自分たちの近くを通過した敵艦隊を撃破する。どうやら戦艦は伴っていないらしい。ならば撃破も不可能ではない。

戦艦プリンス・オブ・ウェールズと巡洋戦艦レパルスは世界最強の戦艦群なのだ。

こうして一二月九日の朝を迎える。

4

空母赤城では、未明と同時に双発爆撃機が飛び立とうとしていた。目標は言うまでもなくZ艦隊だ。

谷口機長は飛行長とも相談し、Ｚ艦隊は小沢艦隊とすれ違ったのではないかという結論に至っていた。それは重巡洋艦鳥海から探照灯が放たれたという事実による。

Ｚ艦隊にも電探があるなら、小沢艦隊との接触は避けるだろうし、陸攻隊の動きも把握しているだろう。

そして、彼らがシンガポールを後にしたというのは、上陸部隊の阻止であるとすれば、艦隊戦は避けて船団攻撃に集中するだろう。ならば、コタバルなりシンゴラ方面に進出するはずだと。

じつは小沢艦隊も同様の結論に至っていたが、空母赤城にマレー半島北部の索敵を委ね、自分たちは半島南部での索敵を強化することとした。

そうして広範囲に網を張れば、敵艦隊は発見できる。

小沢司令長官が考えたのは、Ｚ艦隊がマニラの米艦隊と合流する可能性だった。それは一つの脅威ではあったが、小沢司令長官はそれならそれでいいと思っていた。

Ｚ艦隊がマニラに向かったのなら、マレー半島に敵艦隊の脅威はない。それは侵攻作戦には追い風となる。

それに、米英艦隊が日本海軍に向かうとしてもそれなりに時間がかかるから、自分たちは迎撃態勢を用意することができる。なにより仏印の航空隊が使えることは大きい。

制空権を確保したのであれば、米英艦隊が来航してきても、むしろ敵戦力を一気に殲滅《せんめつ》する好機とも言えるだろう。

もっともこれは小沢司令長官の考えで、先任である近藤司令長官はそうしたことは考えていなかった。

彼としては、Z艦隊が米艦隊と合流する前に撃破することを考えていた。彼の隷下にも戦艦二隻があり、ほかの水雷戦隊などを使えば勝てない勝負ではないはずだ。

残念ながら二人の間で、Z艦隊への対処法の違いの調整は行われなかった。それはそれで問題なのだが、事態はより速い展開で進んでいたからだ。

発艦した双発爆撃機は索敵にあたり爆弾を搭載していた。二五〇キロ対艦爆弾を一発だけだったが、これでも艦爆と同じ攻撃力を持つ。

それに、もともと双発戦闘機として開発されていたから、急降下はともかく緩降下爆撃は可能なように設計されていた。

イギリス海軍の新鋭戦艦に二五〇キロ爆弾一発で何ができるのかという疑問は、もちろんある。だがここで、敵艦を爆撃することで相手の行動に掣肘《せいちゅう》を加えることが期待できた。

この時、双発爆撃機は一度、北上して索敵を行うこととなった。

コタバル方面にZ艦隊がいないなら、彼らはマニラに行ったか、シンガポールに戻ったことになる。南下したならば、当面の作戦には影響しないだろう。

だからこそ、小沢司令長官は双発爆撃機に北方を確認させたのだ。

夜が明けきらないなかで、飛行甲板のロケットブースターだけが明るく飛行甲板を照らした。

そうして双発爆撃機は発艦する。二五〇キロ爆弾分だけ機体は重かったが、それでも発艦に問題はなかった。

飛行していると、やがて夜が明ける。朝日が低い角度から海面を照らすと、そこに海水の密度の違いで生じる直線が見えた。

海水の条件と光線の条件が作り出した奇跡とも言える航跡だった。

「明らかに大型艦艇だ。これは敵だ！」

事前のブリーフィングで小沢艦隊の針路はわかっていた。この航跡はそれとは異なるし、小沢艦隊のものだとすると小規模すぎた。

二隻程度の大型艦艇の航跡。それはつまりＺ艦隊だ。

じっさいはＺ艦隊には駆逐艦が伴われていたが、そこまでは谷口たちにも見えない。

谷口はすぐにこの発見を打電する。

双発爆撃機の索敵結果は、この時、小沢艦隊麾下《きか》の部隊で共有されていたが、そのなかには空母赤城だけでなく仏印の陸攻隊も含まれていた。

そして、陸攻隊にもＺ艦隊攻撃の命令が出されていた。

じつは仏印の陸攻隊も未明に一部が出撃していた。その部隊は谷口が報告した敵艦隊の位置とは違ったところを飛んでいた。偵察情報がないままの出撃であるから、これはある意味で当然だ。

彼らは基地の司令部経由で偵察結果を知り、そこから針路変更を行った。ただこの陸攻隊はついていなかった。

じつはＺ艦隊の駆逐艦のうちの一隻が、機関部の故障からシンガポールに戻ろうとしていた。彼らはその駆逐艦の航跡を発見してしまい、部隊はそこに向かった。

航空機からの艦艇識別の難しさとZ艦隊という先入観から、彼らはこの駆逐艦に爆撃を行った。

その爆撃は水平爆撃としては高い命中率を出し、駆逐艦は複数の爆弾の直撃を受けて轟沈してしまう。それはそれで部隊は湧いたものの、いざ戦果報告をする段になって、彼らも自分たちが何を攻撃したのかに疑問を感じた。

Z艦隊の艦艇は少なくとも主力艦が二隻。自分たちが沈めたのは、ただ一隻。明らかにおかしかった。

陸攻隊の指揮官の報告は「Z艦隊撃破！」ではなく、「敵艦艇一隻を撃沈」へとトーンダウンしたものとなる。

ただ、彼らの情報は無駄ではなかった。小沢司令長官の司令部では、双発爆撃機と今回の報告から、「本隊から分離した艦艇の撃沈」と正確に判断し、空母赤城への攻撃命令を出した。

じつを言えば、空母赤城ではすでにその準備に入っており、命令を待っている状況だった。

ただ、Z艦隊攻撃に向かえる戦爆連合は三〇機にとどまった。多くが陸軍部隊の作戦支援に従事していた関係で、整備の追いついていない機体も多かった。双発爆撃機の報告に即応できるのは三〇機だけだったのだ。

その内訳は零戦が七機、艦攻が一四、艦爆が九機。艦攻が多いのは陸軍部隊への支援に対して出番が少ないためだ。雷撃を行う場面はなく、水平爆撃も敵味方の入り組んだ局面では友軍を誤爆する恐れがあった。

　これに対して戦闘機の機銃掃射や艦爆の急降下爆撃は、敵軍をより高い精度で攻撃できたため、出撃要請が多かったのだ。結果として整備が終わっているのは艦攻が中心となっていた。

　一四機の艦攻のうち九機が雷撃、五機が水平爆撃を担当となった。これも陸軍部隊を支援した結果であった。

　空母赤城は艦首に風をあてていることが、飛行甲板の先頭の蒸気の流れでわかった。

　最初に戦闘機隊が順次発艦する。その後に艦爆隊が、そして最後に飛行甲板をもっとも必要とする艦攻隊が出撃する。それも爆弾、魚雷の順番だ。魚雷は重いので最後である。

　こうして出撃した戦爆連合は、そのままZ艦隊へと向かって行った。順次編隊を組み直し、敵艦隊へと向かう。

5

　この時、Z艦隊の戦艦プリンス・オブ・ウェールズと巡洋戦艦レパルスのレーダーは、日本軍機が接近する様子を捉えていた。

　しかし、フィリップス中将はそこまで警戒はしなかった。

　日本軍の航空隊など、ドイツ軍の航空隊の水準には到達していないだろうし、そのドイツ軍の攻撃でも自分たちは沈められなかったのだ。

　ドイツ軍の戦艦ビスマルクにしても、航空雷撃は大きな影響を与えたものの、撃沈したのはイギリス海軍の戦艦群だ。戦艦は戦艦でなければ沈められず、航空機は戦艦の敵ではない。

それでも戦艦プリンス・オブ・ウェールズと巡洋戦艦レパルスは対空戦闘の準備は整えていた。そこに赤城の攻撃隊が現れた。

ここでZ艦隊側の誤算は、航空隊はZ艦隊を攻撃すると思っていたが、赤城の戦爆連合は攻撃目標を戦艦プリンス・オブ・ウェールズ一隻に絞り込んでいた。

これは、のちの時代のように空母航空隊の強力さが理解されておらず、空母部隊が主力艦を撃沈できるかどうか不明確な時代だったゆえだ。

すでに真珠湾の戦闘についても結果だけは知らされていたが、空母の力ははっきりわかっていなかった。少なくとも空母が稼働中の戦艦を撃沈できるかは、まだ未知数だった。

だからこそ、戦爆連合は戦艦プリンス・オブ・ウェールズ一隻に集中したのだ。

このことはZ艦隊にとっては予想外の痛手となった。

戦力分散を相手に強いる意味もあり、戦艦プリンス・オブ・ウェールズと巡洋戦艦レパルスは距離を広げていた。これは当時の常識として、戦艦の重厚な対空火器の前に航空機は手も足も出ないという考え方の産物だった。

これは戦艦が圧倒的に強い上に、戦力を分散するから敵を全滅できるという判断だ。

さらに、空母航空隊が来るということは空母がいるということで、航空隊を始末したら今度は空母を撃破する。それは敵の上陸を阻止するだけでなく、今後の展開にも重要な意味を持つはずだ。

だが、その計算の前提がここで狂ってしまっていた。

日本海軍航空隊は戦艦プリンス・オブ・ウェールズだけに攻撃を集中してきた。結果として、巡洋戦艦レパルスは対空火器による火力支援もできないまま遊兵化していた。

それでもレパルスが積極的に戦艦プリンス・オブ・ウェールズへの合流を果たさなかったのは、日本海軍の航空隊など戦艦プリンス・オブ・ウェールズだけで対処できると考えていたからだ。むしろ不用意に接近することで、戦艦プリンス・オブ・ウェールズの操艦を邪魔する可能性をレパルスは恐れていた。

じじつフィリップス中将も、レパルスに対空戦闘の支援をしろとは命じなかった。世界最強の戦艦に乗っていて、何を不安に思うことがあろうか？

ここで起きたもう一つの不幸は、フィリップス中将以下の軍人たちに日本海軍航空隊に対する知識がほとんどなかったことと、赤城の艦爆隊が爆装していたことだった。

零戦の爆弾は三〇キロ程度であり、戦艦プリンス・オブ・ウェールズに対して、それほどの損失を与えることはできないのは、操縦員にも十分わかっていた。ただ、敵に対して多少なりとも一撃を加えたいという気持ちの産物だった。

じっさい零戦隊の緩降下爆撃は命中率こそ高かったものの、いくつかの対空火器を沈黙させる以上の打撃を戦艦プリンス・オブ・ウェールズに与えることはできなかった。直接的にはだが。

では、間接的にはどうであったか？　そこは想定外の効果を生んでいた。

戦闘機隊の攻撃の後に艦爆隊が急降下爆撃を行ったが、対空火器の担当をはじめとして将兵が零戦と艦爆の識別もまともにできなかったため、まず艦爆の攻撃を全体的になめていた。また三〇キロ爆弾程度の爆弾と思ったのだ。

一方で艦爆隊にしてみれば、濃厚な対空火器の中を戦艦プリンス・オブ・ウェールズに爆弾を命中させねばならないため、攻め口を真剣に観察していた。そして、零戦隊により沈黙させられた対空火器に向かって艦爆が次々と降下していった。

それでも対空火器は活発に動いているように思えたが、弾幕の薄いところはある。そこに次々と爆弾が命中していった。

九機の艦爆の命中率は八割近くに達し、七発の二五〇キロ徹甲爆弾が命中した。この二トン近い爆弾による攻撃力は、さすがの戦艦プリンス・オブ・ウェールズにも深刻な影響をもたらした。

艦内火災が生じただけでなく、電気系統にも深刻な寸断をもたらした。

ここで五機の艦攻の水平爆撃が行われる。水平爆撃の数として五機は必ずしも多いとは言えず、至近弾はあったが命中弾は一発にとどまった。

ただし、戦艦長門の砲弾から作り上げた八〇〇キロ爆弾は、戦艦プリンス・オブ・ウェールズの深部にまで達した。

これにより戦艦の電力と通信は、またもダメージを受けることとなった。ともかく消火作業ができない部分が生じたのだ。

　この状態で九機の艦攻が雷撃を試みる。左右両舷から挟撃する形での雷撃は、左舷に三本、右舷に二本の命中を出した。

　フィリップス中将には何が起きているのかわからなかった。世界最強の戦艦に乗っているはずなのに、自分たちの戦艦は火災が起こるだけでなく、電話も機能せず、伝令を走らせるありさまだ。

　魚雷の命中した衝撃はそこで起きた。

　さすがに世界最強を謳《うた》うだけあって、戦艦プリンス・オブ・ウェールズは迅速に隔壁閉鎖や注水により艦の水平を保つことに成功した。機関部は、まだほぼ無傷だった。

　しかし想定外の損傷が、ここで戦艦プリンス・オブ・ウェールズに引導を渡しつつあった。右舷側に命中した魚雷の一発は艦尾部への命中だった。

　このような場合、問題となるのは操舵機への影響だったが、そちらはなんとか耐え抜いた。

　問題はスクリューシャフトへの影響だった。雷撃によってスクリューシャフトが歪んでしまった。

　しかし機関部は無傷であり、しかも回避行動のために高速で回転していた。これによりシャフトを通していた軸は金属が擦れることで歪みが拡大し、この拡大した隙間から急激に浸水が始まった。

　機関部でも最初は何が起きたかわからなかった。回転する歪んだシャフトがポンプとなり、減速ギアに大量の海水が侵入し、機関部はそれで水没してしまう。この水没により高温のボイラーと海水が接触し、大規模な水蒸気爆発が発生した。

　おびただしい機関員が即死したほか、状況を伝達する人間はおらず、戦艦プリンス・オブ・ウェールズは突如として停止してしまう。一軸だけはかろうじて回転していたが、それが止まるのも時間の問題だ。

すべての動力を失い、戦艦プリンス・オブ・ウェールズは火災の炎の灯りを除けば、艦内は闇に包まれる。艦長はすでに総員退艦を命じ、フィリップス中将に対しても、巡洋戦艦レパルスに移乗するよう促した。

フィリップス中将は将旗を一度、駆逐艦に移動し、そこから巡洋戦艦に移動しようとした。

フィリップス中将は駆逐艦から戦艦プリンス・オブ・ウェールズの姿を見ることとなった。

「総員退艦命令が出ていたんじゃないのか」

炎上する戦艦プリンス・オブ・ウェールズは黒煙をあげ、明らかに傾斜していた。にもかかわらず、戦艦の周辺には将兵もボートの姿もほとんどない。

それは当然で、退艦命令は艦内にはほとんど伝わっていなかったのだ。電力も通信も失われては命令も届かない。

それでも戦艦プリンス・オブ・ウェールズの甲板には急に人間が溢れてくる。命令が届いたからではなく、乗員たちが異変を感じたためだ。

上甲板から見事に海面に飛び込んだ水兵がいた。だが、後部甲板から飛び込んだ水兵は、惰性で回転を続けていた唯一のスクリューに巻き込まれてしまった。

戦艦プリンス・オブ・ウェールズはここで急激に傾斜し、転覆の後に海面下に没してしまった。

一連の出来事がフィリップス中将には理解でき

なかった。

まず、自分の采配の間違いとは思わない。対応に間違いはなかったはずだ。しかし、戦艦は沈んでしまった。

何かがおかしい。稼働中の世界最強戦艦がどうして航空機、それも日本の航空機に沈められるというのか？

それが彼には理解できなかった。

にもかかわらずなのか、だからこそなのか、彼は巡洋戦艦レパルスに急いだ。ともかく同じ過ちは犯さない自信はあった。

それは戦闘機隊が先ほどの戦闘とはまったく別に、Ｚ艦隊の上空警護にあたるとの報告があったからだ。

戦艦プリンス・オブ・ウェールズの撃沈の理由はなんにせよ、戦闘機隊が日本軍の航空隊を圧倒すれば問題は解決する。

ここでフィリップス中将が冷静であったなら、どうしてイギリス空軍がＺ艦隊に護衛が必要と判断したのかを考えていただろう。マレー半島へ侵攻した日本軍を阻止するのにも、航空隊は必要だというのに。

6

巡洋戦艦レパルスのテナント艦長は、フィリップス中将の駆逐艦への移動中にレーダーからの報告を受けた。

マレー半島方面から友軍機と思われる戦闘機の一群が接近し、別方向からは一〇機ほどの日本軍機らしい一団が接近していると。

テナント艦長は対空戦闘準備を命じたものの、この一群の敵航空機を脅威とは思わなかった。

一〇機程度の攻撃機で何ができるというのか？　こちらは戦闘機なのだから、日本軍は全滅して終わりだろう。

じっさい友軍戦闘機隊は巡洋戦艦レパルスの指示を受けて、日本軍航空隊を襲撃すべく突入していった。

テナント艦長はほどなくして空に幾筋もの黒煙を認める。

「鎧袖一触だな」

テナント艦長は次々に墜落していく航空機の姿を、そう解釈した。そこに再びレーダーから報告が届く。

「十数機の日本軍機が本艦に接近中です」

それを聞いたテナント艦長が最初に思ったのは、「愚かな」ということだ。日本軍航空隊が全滅したなかで、また新手を送り込んでくるとは。むろん、新手の航空隊は自分たちの仲間が全滅したことをまだ知らない。

そうしてレーダー室からは、友軍戦闘機隊が日本軍の新手に向かっているとの報告を受けた。

テナント艦長は双眼鏡を当該方向に向ける。ここでまた空戦により撃墜される航空機の黒煙を見ることになるだろうと。

しかし、不思議なことに何も起こらない。すでに戦闘機隊と新手の部隊は邂逅《かいこう》したはずなのに、動きらしい動きがない。

そうして彼は、日本軍の新手というのが双発の爆撃機であり、それらが戦闘機に護衛されている光景を双眼鏡で捉えた。

「……どういうことか？」

最初、彼は自分が見ている光景の意味がわからなかった。友軍の戦闘機隊はどこにいったのか？

この疑問に対する合理的な回答こそ、友軍戦闘機隊が接触したのは、日本軍の攻撃隊ではなく戦闘機隊であり、友軍部隊はそれらによって全滅させられたということだった。

この時のイギリス空軍の戦闘機がスピットファイアか何かなら、状況はまだ違ったかもしれないが、アメリカからのバッファロー戦闘機であり、性能面で零戦の敵ではなかった。

この時、空母赤城では戦闘機隊の整備が進み、一〇機の出撃が可能だった。そこに小沢司令長官から仏印の陸攻隊がZ艦隊に向かっているので護衛せよとの命令が出た。

距離と時間の関係で、邂逅地点はZ艦隊の所在地の手前と思われた。この状況で、Z艦隊を警護するはずのイギリス空軍のバッファロー戦闘機隊が現れたのだ。

ただ戦闘機を伴わない陸攻隊では、それがバッファロー戦闘機であっても深刻な損害を受けていたのは間違いない。彼らがよりによって赤城の零戦隊を攻撃したというのは、イギリス軍にとっては不運、日本軍にとっては幸運な出来事だった。

ともかく陸攻隊はなにものの邪魔を受けることなく、巡洋戦艦レパルスへと接近した。

この時の陸攻隊は一八機であり、すべてが水平爆撃を試みた。これは密集しての爆撃のほうが命中率が高いという、これまでの研究の成果から導かれた結論だった。

一八機の陸攻は残念ながら八〇〇キロ徹甲爆弾ではなく、五〇〇キロや二五〇キロ爆弾であった。五〇〇キロ爆弾が一発、二五〇キロ爆弾は三発命中した。

一部からは浸水が報告されたが、すぐに隔壁閉鎖と注水作業が始まった。

テナント艦長は立て続けに起こる衝撃に、自分たちが容易ならない状況に置かれていることを知った。

艦内では火災が発生し、対空火器も一部は停止した。レーダーも使用不能となり、対空戦闘にはかなり不利な状況にあった。

より考えるべきは、フィリップス中将との合流であった。

艦内の火災についてはなんとか鎮火の目処は立っており、中将が乗船したらシンガポールに戻ることをテナント艦長は考えていた。そのため、レパルスは戦艦プリンス・オブ・ウェールズの沈没地点へと反転した。

爆撃を終えたはずの日本軍機は、本隊は帰還したものの一機だけ、巡洋戦艦レパルスに張りついていた。

テナント艦長もまた、状況を把握しきれていなかった。防御に劣る巡洋戦艦レパルスは爆弾を受けたが、戦闘力は維持している。一方、防御に秀でた戦艦プリンス・オブ・ウェールズは、航空攻撃であっさり沈んでしまった。これはどういうことなのか？

そうしたなかで、彼らはまずフィリップス中将の移乗とともに、戦艦プリンス・オブ・ウェールズの乗員の救助作業を行った。

その作業のあいだに日本軍機は消えていた。テナント艦長は、これで戦闘は終わったと思った。しかし、それは甘かった。作業を行っている途中に、二〇機の日本軍機が現れた。

それは整備の完了した空母赤城の航空隊だった。出撃を優先し、戦闘機の護衛は一部で、ほとんどが艦爆と艦攻だ。

対空火器がそれらに対応しようにも、甲板上は戦艦プリンス・オブ・ウェールズの乗員でごった返しており、さらに先ほどの爆撃で動きは鈍い。

まず艦爆隊が爆撃を敢行した。巡洋戦艦レパルスにとってみれば悪夢であった。

爆弾は五〇パーセントの命中率であったが、爆風が少なくない数の将兵を甲板から海へと吹き飛ばしていた。

巡洋戦艦レパルスの甲板は阿鼻叫喚の地獄となっていた。しかし、混乱する艦内ではどうにもできない。

ここでフィリップス中将は、シンガポールへの帰還を命じた。

彼としてはマニラに移動して連合国艦隊と合流したかったが、その前に損傷箇所の修理が不可欠と思われたのだ。少なくとも戦友の遺体は収容しなければならない。

彼らの運命を決定づけたのは、一〇機の艦攻であり、そのすべてが雷撃機であった。

テナント艦長はそれでも巧みな操艦で、この危機を回避しようとした。だが、巡洋戦艦は戦闘前のそれとは違っていた。

浸水で重くなった巡洋戦艦は操舵のタイミングが遅れていた。そうしたなかで、左右両舷に合計五発の魚雷が命中した。この五発の魚雷の命中は、巡洋戦艦レパルスへの致命傷となった。

隔壁閉鎖を行うにも、その隔壁自体が歪んで閉鎖できない。それでも応急用の角材などを挟んで隔壁の閉鎖に成功したところもあったが、それはむしろ事態を悪化させた。

まず、水平を維持するための注水機構が作動しなかった。左右両舷で浸水していれば、艦の沈没は免れないとしても、ある程度のバランスは維持できていただろう。

しかし、一部の隔壁だけ閉鎖できたため、浮力を維持するところができたことで、巡洋戦艦レパルスのバランスはむしろ大きく狂ってしまった。

レパルスの船体は急激に傾斜する。それでも閉鎖できた区画の浮力が十分大きければ、傾斜はある段階で止めることができただろう。

しかし、閉鎖区画はそれほど大きくはなかった。バランスを崩す程度には大きく、艦を救うには小さすぎた。

転覆は、ほぼ一瞬で起きた。だからテナント艦長もフィリップス中将も脱出のタイミングを失っていた。

こうしてZ艦隊の二隻の戦艦群は、空母と陸攻隊により撃破された。

なお、近藤司令長官麾下の空母加賀の部隊も遅れて参戦するのであるが、こちらが現場に到着した段階で二大戦艦の姿はなく、残存する駆逐艦を全滅させた時点で、戦闘は終了した。

7

日本に向かう高須司令長官の原子力戦艦部隊は、予定外のことであったがウェーク島攻略に参加することとなった。

その前日に行われた千歳航空隊の三六機の陸攻隊による空襲で敵航空隊は壊滅したはずだったが、航空隊は生きていた。

さらに、駆逐艦如月《きさらぎ》が機銃掃射を受けてピクリン酸主体の爆雷が誘爆し、駆逐艦が轟沈するという想定外の被害を出したほか、荒天のために大発が降ろせないなどの計画外の出来事が続き、ウェーク島攻略は失敗していた。

ここで高須司令官は艦隊をウェーク島方面に向けながらも、攻略支援を何で行うかについて判断を決めかねていた。

最初は戦艦部隊による艦砲射撃を考えていたが、ウェーク島のような小島に精鋭七隻を投入するというのは、鶏を割くに牛刀を用いるがごとき趣がある。

さらに戦艦部隊を投入すれば、それらが三〇ノット以上の高速で移動したことが明らかになり、そこから原子力推進の秘密が漏れないとも限らない。

軍事技術など遅かれ早かれ情報は漏れるものとしても、開戦早々に敵に知られるのはうまくない。

そうしたことから高須司令長官は、戦艦部隊はそのまま日本に直行し、第五航空戦隊の空母瑞鶴と翔鶴がウェーク島攻略を支援し、それでも埒が明かねば、すでに追い抜いた第二航空戦隊の蒼龍・飛龍に攻撃を引き継ぐこととなった。

第一陣となったのは、双発爆撃機の岩田と桜井だった。

気化爆弾には、まだ在庫がある。これを超低空飛行で敵飛行場に展開すれば、敵航空隊は一掃できる。そこから陸戦隊などが上陸するということになった。

二航戦に着艦していた岩田らは、そこから五航戦の空母瑞鶴に移動し、補給を受けた。そうして席が温まる暇もないままにウェーク島へ向かった。

今度はロケットブースターではなく、蒸気カタパルトによる射出である。その加速にはロケットブースターとは違う力強さがあった。

気化爆弾を抱えた双発爆撃機は、低空を飛行しながらウェーク島へと向かう。

電波高度計が唸るのは、波の荒さを示しているのだろう。ともかく高度計の音は激しい振幅を繰り返していた。

島に接近するにつれて、波浪はおさまっていく。気化爆弾を使用するには好都合な天候へと変わりつつある。

日本軍の猛攻は無駄ではなかったようで、島には戦闘の跡が残っていた。

しかし、敵の航空機は健在だ。掩体に飛行機を収容する余裕はなかったようで、大きな遮蔽物の中に機体を隠すように並べている。

岩田はそうした敵機の前に気化爆弾を投下した。燃焼ガスが面的に広がったのちに点火し、それらは広範囲な爆発現象を起こす。

ウェーク島の航空隊は掩体が衝撃波を逃さずに反射させたこともあって、一瞬で全滅した。すべての飛行機が燃え上がった。

そうして桜井は低空からウェーク島の写真を撮影する。主に砲台を中心に。

8

第五航空戦隊は岩田機の帰還を受けて写真などを分析すると、上陸作戦の主務者である第四艦隊とともに攻撃を再開した。

迎撃機がないなかで、艦爆隊が丁寧に砲台を潰していく。そうして安全なエリアを作り上げ、双発爆撃機が最後の気化爆弾を投下して敵の防衛陣地を一掃する。

このタイミングで島の西海岸に、まず陸戦隊の本隊が上陸する。

ほぼ敵の抵抗がないまま上陸に成功した陸戦隊は、主に艦爆と零戦の支援を受けながら、敵の抵抗を順次排除していった。

この戦闘で、陸戦隊は島の守備隊指揮官であるカニンガム中佐の乗ったジープを捕虜にするという僥倖《ぎょうこう》に恵まれる。

指揮官が捕虜にされたことで、ウェーク島の守備隊は次々と投降する。

この戦闘での日本軍の死傷者は一〇〇人前後であったが、守備隊の捕虜は一一〇〇名を数えたという。

半年の籠城も可能だったウェーク島は、こうして一二月一二日の深夜には陥落した。

空母ヨークタウンと空母エンタープライズは無事に合流を果たすことができた。護衛艦艇の巡洋艦、駆逐艦も邂逅を果たし、それは一大艦隊となった。

しかし、ミュレー大佐は喜んではいなかった。真珠湾の惨状がわかるにつれて、目の前の艦隊こそが米太平洋艦隊にとって貴重な戦力であることを自覚していたからだ。

それと同時に真珠湾で起きたこともわかってきた。空母部隊が奇襲し、それによって湾内の軍艦が外洋に誘導され、そこで待ち伏せていた戦艦群に各個撃破されたらしい。そんな方法でなければ日本艦隊が太平洋艦隊に勝てるわけがないのだ。

しかし、真珠湾の戦訓は貴重な知見をもたらしてくれた。それは空母航空隊でも戦艦を撃沈可能ということだ。日本海軍航空隊に可能であるなら、より優れた航空機技術を持つ米海軍航空隊ならば、より多くの戦果をあげることが可能なはずだ。

こうして合流した空母二隻の艦隊は、真珠湾へ向かう。最短距離で敵艦隊が帰国するなら絶対に彼らと自分たちは接触するはずだからだ。

二隻の空母は太陽が出ている間は常に索敵機を飛ばし、夜間はレーダーによる監視を怠らなかった。しかし、ミュレー大佐らにはだんだんと焦りの色が出てきた。

日本艦隊とまったく遭遇しないのだ。一隻、二隻の軍艦ではない。空母と戦艦を伴う一大艦隊を自分たちが見逃すはずがない。そもそもこれだけの艦隊が移動するからには燃料の問題は無視できず、その点からも迂回という選択肢は彼らにはない。

一度だけ、エンタープライズの索敵機が白川丸という貨物船を発見したが、それは明らかに日本に向かっており、位置から考えて日本艦隊と遭遇して燃料補給が行えるとは思えなかった。真珠湾の情報が正しければ、あんな船一隻で艦隊への燃料補給は不可能だ。

それによしんば白川丸が燃料補給に関わっていたとしても、日本に向かっているのはやはりおかしい。

帰国する艦隊に補給するなら、ハワイに向かっていなければならない。日本に向かっているなら、補給を終えて帰還する場合しかない。貨物船より軍艦のほうが高速だから、貨物船は置いていかれた形だ。

そうであるなら自分たちの日本艦隊の針路予測は正しいわけだが、ならばとうの昔に遭遇していなければならないのだ。

結果として、彼らは日本艦隊と遭遇することなく、真珠湾へと戻ることとなった。

帰路は凄惨と言えた。水路の何箇所かには太平洋艦隊の戦艦が沈み、航路の障害物となっている。だから海上に出ている軍艦のマストには注意喚起のためのブイが取り付けられていた。

そうしてミュレー大佐らは、ウェーク島の守備隊が日本艦隊により全滅したことを知らされる。

太平洋艦隊の将校は説明する。

「なにものがウェーク島を攻撃したのかはわからない。日本海軍の空母とすれば、我々の知らない新型空母がどこかにいなければならない。もしも真珠湾を攻撃した部隊なら、計算が合わない。航路のすべてを三〇ノットで航行したのなら別だがな」

（次巻に続く）

VICTORY NOVELS ヴィクトリー ノベルス

原子力戦艦「大和」(1)
マレー沖Z艦隊撃破!

2024年7月25日　初版発行

著　者　　林　譲治
発行人　　杉原葉子
発行所　　株式会社 電波社
〒154-0002　東京都世田谷区下馬6-15-4
TEL. 03-3418-4620
FAX. 03-3421-7170
https://www.rc-tech.co.jp/
振替　　00130-8-76758

印刷・製本　中央精版印刷株式会社

ISBN 978-4-86490-258-8 C0293